光文社文庫

文庫書下ろし／長編時代小説

別離《わかれ》

名残の飯

伊多波 碧《みどり》

光 文 社

この作品は光文社文庫のために書下ろされました。

目次

第一章　拾いもの ―― 15
第二章　勘操《かんぐ》り ―― 72
第三章　へらず口 ―― 126
第四章　他生《たしょう》の縁 ―― 183

おもな登場人物

おしげ……………橋場の渡し傍にある一膳飯屋〈しん〉の女将。
おけい……………橋場の渡し傍にある一膳飯屋〈しん〉の若女将。
平助……………橋場の渡し傍にある一膳飯屋〈しん〉の料理人。
新吉……………おしげの息子。
おちか……………竹町の渡し近くにある『松屋』の芸者。まめ菊。
小倉健志郎……………一膳飯屋〈しん〉の料理人見習い。元武家。

北
西
東
南
0
1km
鐘ヶ淵
隅田村
千住大橋
小塚原
千住道
日暮里
駒込
谷中
一膳飯屋 しん
橋場ノ渡し
向島墨堤
寺島村
橋場町
今戸町
金杉上町
新吉原
日本堤
山谷堀
今戸橋
竹屋ノ渡し
小梅村
千駄木
鷲神社
下谷
東叡山
寛永寺
根津権現
浅草寺
東本願寺
浅草花川戸町
隅田川
小石川
本郷
中堂
吾妻橋
伝通院
不忍池
竹町ノ渡し
新堀川
駒形町
湯島天神
下谷広小路
御徒町
御蔵前
小石川御門
水道橋
神田明神
外神田
向柳原
御米蔵
横川
神田川
天王町
浅草橋
柳橋
大川
番町
田安御門
昌平橋
和泉橋
内神田
柳原土手
両国広小路
本所
馬喰町
両国橋
回向院
俎板橋
雉子橋御門
一橋御門
竪川
清水御門
神田橋
小伝馬町
大伝馬町
新大橋
常盤橋御門
北町奉行所
駿河町
瀬戸物町
小名木川
魚河岸
深川
半蔵御門
江戸城
江戸橋
仙台堀
呉服橋御門
日本橋
南茅場町
材木町
西之御丸
永代橋
鍛冶橋御門
八丁堀
組屋敷
南町奉行所
京橋
桜田御門
霊岸島
富岡八幡宮

別離《わかれ》

名残の飯

悲しい気持ちとは裏腹に、その日は見事な秋晴れとなった。

涙もすっかり蒸発してしまったみたいに、空も風も澄み渡っている。格子窓越しに注ぐ日射しはまぶしく、厨《くりや》の中を白く染めていた。

おけいが米を研ぐ横で、母のおしげが神妙な顔で葱《ねぎ》を刻んでいる。

本日『しん』はお休みだ。暖簾《のれん》を下ろしている店の中は静まり返り、米を研ぐ音がよく響く。

手狭《てぜま》な厨だが、いつになく広く感じる。普段はここに加わるはずの板前が外に出ているせいだ。

健志郎《けんしろう》は開け放した裏口の戸の向こうにいた。汗止めの豆絞りをかぶり、黙々と茗荷《みょうが》を摘んでいる。

去年の春に植えつけしたときは収穫もささやかなものだったが、二年目の今年はびっくりするほど広がった。梅雨《つゆ》どきに可愛い花芽の先が顔を出したかと思うと、明ける頃にはたっぷり雨を吸っておもしろいように増え、この夏は青物市場《やっちゃば》で茗荷を買わずに済んだ。

甘酢漬けはもちろん、お味噌汁の具にして良し、天麩羅《てんぷら》も良し。細く刻んで冷や奴に載せるだけでもおかずになり、暑い盛りにはずいぶんと重宝《ちょうほう》したものだ。

「どうしたの、おけい。手が止まっているわよ」

おしげに言われ、はっとする。ぼんやり茗荷を眺めているうちに、つい米を研ぐ手が留守になっていた。

「わかってます」

「しっかりなさいな。今日は忙しくなるんですからね」

「そろそろ健志郎さんにも声をかけて、中へ入ってもらいなさい。早くご飯を食べて、支度をしないと」

「じゃあ、もうお米を火にかけるわ」

「そうしてちょうだい」

言いながら、おしげは竈《かまど》へ味噌汁の鍋をかけるついでに、格子窓の前へ立った。

その姿が、おけいの目には少々大儀《たいぎ》そうに映る。

夏の間に、おしげは少し痩《や》せた。

いつまでも続く暑さと忙しさや、あれやこれや諸々《もろもろ》でまいってしまったのだろう。美しさでは衰え知らずのおしげも五十五。いくら見た目が若々しくても無理のできない歳《とし》になってきた。

少々やつれた母を横目で眺めつつ、おけいは竈に火を熾《おこ》した。

おしげの言う通り、今日は忙しいのだ。

米を炊き、馳走《ちそう》の支度をととのえたら、着替えて出かける用事がある。

そのためにおけいは昨夜、二人分の着物を引っ張り出して衣桁《いこう》へ吊るした。ひと晩風を当てたが、朝になってもまだ黴臭《かびくさ》さが残っている。橋場町《はしばちょう》へ越してきてから一度も袖を通す機会がなく、行李《こうり》の奥へしまっておいたせいだ。

「ご苦労さま」

裏口から入ってきた小倉《おぐら》健志郎へ声をかけた。たちまち茗荷の香りが広がる。

「たくさん摘んだわね。どんな料理にするの」

「そうですね――」

笊《ざる》を抱えた健志郎がつぶやき、思案顔になった。朝早くから摘んだ茗荷は両手に余るほどの嵩《かさ》がある。

「精進揚《しょうじん あ》げにします。大葉《おおば》やいんげん豆と一緒に」

「いいじゃない」

「他には、大豆ご飯を炊いて、おむすびにするつもりです。喜んでくださるといいのですが」

「もちろん喜んでくださるわよ。うちの茗荷の天婦羅を召し上がるのを楽しみにしていらしたもの」

「はい」

健志郎は静かに応じ、笊を飯台《はんだい》に置いた。布巾《ふきん》で汚れを取り、まな板へ載せる。武家の出の健志郎は所作《しょさ》の一つ一つが丁寧だ。平助《へいすけ》が気に入るだけのことはある。今は十六で修業中の身だが、いずれ立派な板前になるだろう。

ざくざくと包丁で刻むと、茗荷の香りがさらに強く立つ。

今朝、健志郎は白足袋《しろたび》と袴《はかま》を持参してきた。昨日のうちに髷《まげ》を結い直し、常以上にさっぱりと身をととのえている。汗止めの豆絞りも新しいものを下ろしたようだ。

おけいは研いだ米を釜《かま》に入れ、火にかけた。

ふつふつ言うのを待っていると、戸が開く音が聞こえた。店に行くと、笠を小脇に抱えた旅人が敷居際に立っている。

「すみません、今日はお休みなんです」

「なんだ、そうかい」

そろそろ暖簾を出す頃合いと見て、勇み足に入ってきたらしい。

「評判を聞いて来たんだが、残念だな。また次の機会にでも寄らせてもらうか」

「ありがとうございます。お待ちしております」

旅人は店を出ていった。

せめてものお詫《わ》びに、おけいは店の外まで見送った。せっかくおいでくださったところを追い返す形になってしまって申し訳ないが、今日ばかりは致し方ない。これから『しん』のみんなで大切な人を見送りにいくのだ。

店に戻る途中、いつもの癖で川を見た。

日射しは鋭いものの、額《ひたい》をなぶる川風は乾いている。

いつまでも残暑が居座っているようで、気づけば秋の只中《ただなか》にいる。

変わらないものなど何一つないのだと、当たり前のことを思った。それでいて、普段はそのことを忘れている。

歩きながら川音に耳を澄ませた。

渡し場がすぐ傍《そば》にある土地柄、常に瀬音が聞こえる。ことに晴れている日はくっきり響くものだが、それにしても今朝の川は賑《にぎ》やかだ。蟬《せみ》の声がしなくなったのはいつだったか。この頃は日が経《た》つのが早くて困る。

おけいはしばらく前、その人を見かけた日のことを思い返した。

賑《にぎ》やかな通りにある店にいるところを、偶然目にしたのだ。店の外で見かけるのは初めてだったから、よく憶《おぼ》えている。秋が始まったばかりのことだ。あの日からまだ、さほど経っていないのに。

第一章　拾いもの

一

酒問屋『岩井屋《いわい》』の隠居彦兵衛《ひこべえ》は、春になると機嫌が悪くなる。

花見の時期は墨堤《ぼくてい》を訪れる者で騒がしい。

そのせいで桜の蕾《つぼみ》がふくらみ出すと、彦兵衛の人嫌いに拍車がかかる。たかが花のために、わざわざ向島《むこうじま》まで出かけてくる者の気持ちが彦兵衛にはわからない。

桜など、放っておいても咲く。

毎年代わり映《ば》えもしないものにいちいち感心することはないのに、馬鹿の一つ覚えでありがたがるのはどういうことかと、弁当持参でやってくる浮かれた花見客を睨《にら》みつけるのも毎年のこと。

いっそのこと春の間は岩井屋へ戻ろうか、いや、どうして自分が遠慮することがあろうかと考え直すのもまた毎年のことで、桜が散り、梅雨が明ける頃になってようやく彦兵衛の機嫌は直る。

夏はいい。暑い暑いと言っている間に過ぎてしまうから清々《せいせい》する。いっそ目が覚めたら秋になっていてもいいくらいだ。どうせ年寄りのやもめで、この先おもしろいことなど一つもないのだから。

ぱっと咲いて散るから、桜はありがたがられる。年寄りは逆だ。いつまでも未練がましくこの世にしがみついていると疎《うと》まれる。

隠居暮らしを気取っているのは、息子夫婦や孫に嫌われ、家にいてもつまらないせいだ。

いっそ桜を真似《まね》して散ってやろうか。そうすれば誰か一人くらい惜しんでくれる者もいるかもしれない。

泥棒――、少し先の人だかりで女が叫んだ。

「誰か！　捕まえておくれ」

「こら待て」

近くにいる者が追いかける声もする。

彦兵衛は騒ぎを聞きながら、のんびり蕎麦《そば》をたぐっていた。

どたどたと足音が近づいてきて、小さな風が立つ。

走るんじゃないよ。つゆに埃《ほこり》が入ったら、どうしてくれるんだい。

ふり返ると、底がぺらぺらの下駄が駆けていくのが見えた。

盗まれたといっても、どうせ端金《はしたがね》だろう。暑い中、必死に追いかけるほどのことではない。盗まれるほうにも隙《すき》があるのだ。ぼんやり阿呆面《あほうづら》をしているから掏摸《すり》に狙われる。

「お勘定」

蕎麦を半分ほど残し、腰を上げた。

やはりちゃんとした店に入ればよかった。こう騒がしくては、蕎麦がどこに入ったかわからない。仕方ない。今日のところはあきらめて、明日は馴染《なじ》みの料理屋へ行って、うまいものを食べよう。

そう思い、袂《たもと》を探ると財布がなかった。

家を出るときには確かにあった。川原へ向かう途中、魚河岸《うおがし》で秋刀魚《さんま》を注文し、後で家まで届けるよう頼んできたのだから間違いない。

「どうしたんです」

屋台の親爺《おやじ》が胡乱《うろん》な目を寄こした。

「どうもしないよ。すぐに払う」

しかし、いくら探っても、袂の中にあるのは汗ふきの手拭《てぬぐ》いだけ。

家を出るときには確かにあったのだ。医者へ行き、財布から金を出して払ってきたのだから間違いない。だとしたら——、さっき後ろを駆けていった足音がよみがえり、苦々《にがにが》しい気持ちになる。天に吐いた唾《つば》が己に降ってきた。

結局、屋台の主《あるじ》に詫びて、家まで財布を取りに帰る羽目《はめ》になった。

何てこった。まずい蕎麦を食べさせられてうんざりしていたところへ、泣き面《つら》に蜂《はち》だ。

——ほら、あたしの言ったとおりじゃないですか。

息子の太一郎《たいちろう》の心配顔が目に浮かんだ。財布を盗《と》られたなどと言えば、それ見たことかと、もう隠居暮らしなどやめて駿河町《するがちょう》に戻り、自分たちの近くで暮らせと迫ってくるに違いない。

この間も、取引先へ挨拶《あいさつ》に行ったついでに、向島《むこうじま》までやって来た。

先般、川向こうで年寄り夫婦の家が火事を出したと聞き、太一郎は還暦間近の父親を案じ、向島の隠居住まいを引き払わせたがっている。

面倒を避けるためには、掏摸のことを黙っておくしかない。

なに、大した話ではない。中に入っていたのは、医者で払ったお金のお釣り程度。財布は西陣織《にしじんおり》の名入りでそれなりに値が張るが、また買えばいい。そろそろ新しいものにしてもいい時期だと思っていたのだ。あれこれ頭で言い訳をしながら歩いてきたせいか、家の前に人がいるのに気づかなかった。

玄関の前に子どもがいる。

金魚模様の浴衣《ゆかた》を着た女の子だ。

真っ黒に日焼けしているが、目尻の垂れた、中々に可愛い顔をしており、この辺りでは見かけたことがない。

「おい」

声をかけると、女の子はびくりと肩を波打たせた。

少し行った先の百姓の子だろうか。袖の短い木綿《もめん》の着物は丈が短く、くるぶしがむき出しになっている。

「あんた、どこの子だね」

「お爺《じい》さんこそ」

子どもは生意気な口を利《き》いた。

「人にものを訊《たず》ねるときは、自分のほうから先に名乗るもんだって、おっ母さんが言ってた」

「あたしはこの家の主だよ」

「お爺さんが？」

「そうともさ。どうして疑う」

「じゃあ、名は？　ここの家の人なら言えるはずでしょ」

「人にものを訊ねるときは、自分のほうから名乗るんじゃないのかね」

「……あかね」

むっと眉を吊り上げ、子どもは答えた。

「それだけかね」

「え？」

「だから『あかね』じゃなくて、『あかねです』だろうに。目上の者にはそれなりの口を利くものだよ。あんたのおっ母さんは、そんなことも教えてないのかね」

厭味《いやみ》を言われて癪《しゃく》に障《さわ》ったのか、あかねはさらにぐっと眉を吊り上げた。

どうも気の強い子らしいが、こちらは間違えたことは言っていない。彦兵衛はあかねを見返し、手のひらを差し出した。

「なに？」

「財布だよ。届けてくれたんだろう」

あかねは西陣織の財布を握りしめていた。中にはここの場所を書いた紙が入っている。

太一郎がそうしろと言ったのだ。もしどこかで帰る道がわからなくなっても、それを人に見せれば家に連れて帰ってきてもらえる。失敬な、あたしの頭はシャンとしているよ、と怒鳴ったが、役に立つこともあるわけだ。

「これ、お爺さんのお財布なの？」

「ああ。あたしが彦兵衛だ」

家の場所を告げると、あかねは紙の場所と睨めっこした。

場所と名が一致していることで納得したのか、あかねは素直に財布を差し出した。そのままくるりと踵《きびす》を返そうとする。

「待ちなさい」

彦兵衛はあかねを引き止めた。逃げようとする衿首《えりくび》を摑《つか》まえ、もう片方の手で財布の中身を確かめる。

やっぱり。

中の小粒《こつぶ》が一つ足りない。

一分銀《いちぶぎん》程度の小粒は彦兵衛にとっては小遣いだが、子どもには目を剝《む》くような大金だ。とても見逃せる額ではない。

あかねは強情だった。

「盗ってないったら」

「あんたじゃなければ誰だい」

「知らないわよ。端《はな》から入っていなかったんじゃないの」

「そんなはずはない。確かに小粒が一つ入っていたんだ。それがなくなっているのだから、誰かが盗ったんだよ」

「あたしじゃないってば」

「嘘《うそ》をつけ」

「嘘なんてつくもんですか。何よ、ひとが親切に財布を届けてやったのに。お礼を言うどころか、泥棒呼ばわりするなんて。ひどい爺ちゃんね！」

玄関前で言い争っていると、遠慮がちに声をかけられた。

「あの——」

「何だね」

医者のところで下働きをしている小僧だ。彦兵衛の怒り顔に怯《おび》え、首をすくめている。

「先生に言われ、こちらをお届けにまいりました」

及び腰で紙の包みを手渡す。中を開くと、小粒銀が一つ入っていた。

『うっかり、お代を多くいただいてしまいました。お返しいたします』

紙には医者の走り書きがしてあった。彦兵衛が帰った後で、お代をもらい過ぎたことに気づき、慌《あわ》てて小僧を寄こしたらしい。

あかねが盗ったのではなかった。彦兵衛の勘違いだった。

小僧が去った後、衿首を離してやった。

「違ったようだな」

「何か言うことがあるでしょ」

両手を腰に当て、ぐいと顎《あご》をそびやかす。

「いいや」

かぶりを振った途端、あかねの目が険しくなった。無視して背を向けると、前へ

回り込んでくる。文句をつけてくるかと思いきや、

「口の端に葱がついているわよ」

彦兵衛の顔を指差して言った。

「ん？」

手で口許《くちもと》を探る彦兵衛に、あかねがてきぱきと指図する。

「そこじゃないわ、もっと右。そう、そこ。取れたわ」

「ふん、そうかい」

「お蕎麦でも食べたの？」

「さっき食べてきた。まずかったから半分残したがね。やっぱり屋台の蕎麦は駄目だな」

「口直しをしたいなら、作ってあげてもいいけど」

「作るって、あんた、まだ子どもじゃないか」

「馬鹿にしないでよ、料理は得意なんだから。お爺さんのとこ、お蕎麦はある？」

「さて、どうだったかな」

「自分の家のことでしょう。お蕎麦があるかどうかもわからないの？」

小言をまくしたてながら、あかねは家に入ってきた。

「うわあ、何これ」

台所に入るなり、驚いたような顔をする。

使った茶碗や皿が山と積み重なり、小蠅《こばえ》が飛んでいるのをうるさそうに手で追いやり、わざとらしく鼻をつまむ。

その流れで勝手口から庭へ出たあかねは、さも信じられないと言わんばかりに叫んだ。盥《たらい》に突っ込んである寝間着や下帯を見つけたのだろう。

「いやだ、汚れものも放りっぱなし！」

どうしろというのだ。

こちらも好きで放ったらかしているわけではない。

女中が急に暇をとったのが悪いのだ。口入れ屋《くちいれや》に代わりを寄こすよう頼んでいるのに、「中々いい人がいない」とのらりくらり躱《かわ》され、彦兵衛は半月も不便な思いをしている。家のことをする者がおらず、迷惑をこうむっているのはこちらのほう。ずかずか入り込んできて、勝手な文句を言われても困ると思ったら、はたしてあかねが袖をまくり、片付けを始めた。

あかねは家中の窓を開け放ち、箒《ほうき》で埃を掃《は》き出した。まずは井戸へ行って水を汲み、飯粒のこびりついた茶碗と皿を洗い、次に茶の間に使っている八畳間へ行って、脱いだままにしてある着物と帯を衣桁にかけた。

盥に突っ込んだ汚れ物を洗って庭へ干し、ふたたび台所へ戻ってくるという働きぶりで、たちまち家中がさっぱりとする。

半刻《はんとき》（約一時間）後、彦兵衛とあかねは茶の間で向かい合い、蕎麦を啜《すす》っていた。

「うん」

悪くない。

刻んだ海苔《のり》と葱だけのかけ蕎麦だが、茹《ゆ》で加減がちょうど良く、出汁《だし》も鰹《かつお》が利いている。

「うん、うん」

さっき屋台で半分食べたところなのに、あかねの蕎麦はつるつると喉《のど》をとおり、気がつけば平らげていた。

ぬるめの湯を差した出汁を飲み、茶碗に残った葱のかけらもつまんで食べた。自分の家で手作りのご飯を食べるのは、半月前に女中が出ていって以来だ。

たいていは外で済ませているが、じきに飽きた。

川向こうの橋場町まで足を延ばせば、客の好みに合わせて米を炊き、うまいおかずと一緒に出してくれる一膳飯屋《いちぜんめしや》があることは知っているのだが、勝手場を任されている昔馴染みと顔を合わせると思うと、どうにも敷居が高く足が向かない。

満腹して帯のところをさすっていると、あかねが空の丼《どんぶり》を持って台所へ行き、お茶を淹《い》れてきた。

「はい、どうぞ」

舌が焼けそうに熱い番茶が、実にうまい。蕎麦の味も中々よかったが、お茶を出す手つきも慣れたものだ。

「あんた、いくつだね」

「十歳」

「まだ子どもじゃないか」

「そう？　十歳なんて、もう半分大人みたいなものよ。ところでお爺さん、この家に独りで暮らしてるの？」

「見ればわかるだろう」

「そうね、汚れ物は一人分しかなかったし。お茶碗とお箸もひと組だけだものね」

ふん。子どものくせに、よく見ているものだ。

「お腹は空《す》いてないかね」

「あたし？　全然」

かぶりを振って即答したが、痩せ我慢に決まっている。

嘘つきめ。これでも耳はいいほうだ。さっきからあかねが腹の虫を鳴かせていることくらいお見通しだ。

「蕎麦が余ったから、どうにかしてくれないかね」

彦兵衛が言うと、あかねは下を向いた。

てっきり喜ぶかと思いきや肩透《す》かしだ。空腹のくせに何だ。ひょっとして——。

「爺《じじい》が使った箸で食べるのは嫌か。なに、洗えばいいだろう。それでも嫌なら買ってきなさい」

「わかった」

あかねはうなずき、腰を上げた。

はて。今の「わかった」はどちらに対しての返事なのか。

自分で言い出したことながら、あかねが箸を洗いにいくのか、それとも買いにいくのか気になり、彦兵衛は廊下へ出ていく足音に耳をこらした。

二

これはいい拾いものをしたね。

およしは自分で自分に感心した。もっとも、拾ったのは物ではない。人だ。三十半ばの長身の男で見目がいい。あと十歳若ければ、一目で惚《ほ》れていたかもしれない、そんな色男だ。

男は新市《しんいち》と名乗った。

ここへ来る前はおそらく力仕事をしていたのだろう。浅黒い顔をして、体つきも引き締まっている。

「そこよ、そこ。埃が溜《た》まってるでしょう？」

おまけに働き者で、素直におよしの言うことを聞く。

拾ったとき、新市は怪我《けが》をしている上に無一文だった。それで宿賃代わりにおよしの仕事を手伝ってもらっている。といっても、こちらも住み込み奉公の身。新市はおよしと同じく、家に住まわせてもらう代わりに働いているわけだ。

今日は雨樋《あまどい》の掃除をしてもらうことにした。

夏の初めから気になっていたのだが、梯子《はしご》を使うのが億劫《おっくう》で先延ばしにしていたら、先日の雨でとうとう詰まってしまった。じきに秋が来る。落ち葉が始まる前に何とかしようと重い腰を上げようとしていたところへ、おあつらえ向きに助っ人がやってきたようなものだ。

背の高い新市は低い踏み台に乗り、ひょいと雨樋を見下ろした。およしだとこうはいかない。踏み台ではとても届かず、重い梯子を出してくる羽目になる。

「どう？」

長いこと放ったらかしていたから、埃だらけになっているはずだ。さっと掃除できればいいが、完全に詰まっているようだと面倒だ。

気が揉《も》めるおよしとは裏腹に、雨樋を見下ろした新市は頬《ほお》を緩《ゆる》めた。

「なんで笑うのよ」

およしは爪先立ち、首を伸ばした。新市より頭一つ低い背丈でそんなことをしても届きっこないのだが、笑われた雨樋が気になる。

「これ、埃じゃないです」

「だったら何なの」

「鳥の巣です」

「ええ？　嫌だ、烏《からす》じゃないでしょうね」

ただでさえ、あのカアカア言う鳴き声が苦手なのに、こんなところへ巣作りされては困る。

「たぶん燕《つばめ》でしょう。もう巣立った後だと思いますよ」

新市は雨樋へ片手を突っ込み、そっと巣を摑み上げて踏み台から下りてきた。

「見てください。中が空っぽでしょう」

「そうねえ」

小枝や枯れ草を編んで作られた巣は、およしの両手におさまるほどの大きさだ。新市の言うように中には何も入っていない。

「雨樋は屋根に近いから、鳥にとっては安全なんですよ」

「そういえば、初夏の頃にピイピイ言ってたわ」

梅雨に入る前のことだ。

ときおり鳥の雛《ひな》の声を聞いたが、たいしてうるさいわけでもなし、意に介《かい》さなかった。燕が巣を作っていたなんて気づかなかった。いつの間にか鳴き声もしなくなったが、無事に子育てを終えて旅立ったのだろうか。

「何をしているんです」

雇い主の幻庵《げんあん》が帰ってきて、およしと新市に目を留めた。

墨堤《ぼくてい》沿いの武家屋敷に住んでいる患者のところへ往診に行ってきたのだ。武家の患者にはこういう手合いが多い。町人と一緒に診察を受けるのを嫌がり、わざわざ医者に足を運ばせる。

そのくせ手間賃を上乗せするわけではないときている。およしなら、そんな患者は相手にしないのだが、お人好《ひとよ》しの幻庵は乞《こ》われるたび、嫌な顔もせずに出かけていく。

「あ、鳥の巣だ」

幻庵の後ろから、岳男《たけお》がひょいと坊主頭を突き出した。

「見せて、見せて」

岳男が目を輝かせて手を伸ばしてきた。一応見習い弟子ということになっているものの、まだ十歳。およしから巣を受けとると、目を輝かせて見入っている。

「へえ、こんなに間近で見るのは初めてだ。これ、何の巣？」

「燕だってさ」

「ほう。そいつは縁起がいい」

燕と聞き、幻庵も興味を示した。

「これ、いじり回すのは止《よ》しなさい。壊れたらどうする。燕にとっては大事なものなんだ、元のところに戻しておきなさい」

「ちょっと、先生」

およしは口を尖《とが》らせた。

「この巣のせいで雨樋が詰まったんですから。戻されちゃあ困りますよ。雨樋が壊れたらどうするんです。外の壁はびしょびしょに汚れて、天井から雨が漏りますよ。医者の家がそんな有り様になったら、患者が寄りつかないわ。捨てちゃいましょうよ、そんなもの。もう巣立ったんなら、用済みでしょ」

「いかん。医者が殺生《せっしょう》に手を貸したら、罰《ばち》が当たる」

「殺生、って。ただの巣でしょうに」

「しかし、来年また来るわけだから。そのときに巣がなかったら、燕はどこで雛を育てるんだ」

「そのときには、また新しく作るでしょ」

「それが大変だから元に戻せと申すのだ。巣がなければ、雛をどうやって育てる。一から作り直している間に、天敵にやられるのが目に見えておるだろうに」

話は終わりだとばかりに、幻庵は口を一文字に引き結んだ。

日頃は扱いやすいほうなのだが、こと生きものの命に絡《から》んだ話になると、途端に頑固《がんこ》になる。

高尚《こうしょう》なのは結構だが、いざ雨漏りしたら始末をするのはこっちだ。そんなところで治療を受けるのは、患者だって嫌がるはず。親切のつもりで反対しているのだからと、およしも眉を吊り上げ、両腰に手を当てた。

間に挟まれた岳男はオロオロしている。

それを見かねたのか、新市が遠慮がちに口を挟んだ。

「でしたら、こうしませんか」

およしは新市を見た。何をするのかと思えば、納屋《なや》から古板数枚と釘を持ってきて、ふたたび踏み台に乗る。

雨樋の横に古板を打ち付け、左右と正面に板を張って四角に囲う。踏み台から下りて、岳男から巣を受けとると、ふたたび踏み台に乗って、巣を古板の囲いの中へ置いた。

「来年はここで雛を育ててもらいましょう」

踏み台から下りてきて、新市はみなの顔を見渡した。

「家移《やうつ》りだね！」

岳男が無邪気な声を張り上げた。

「その通り。ここなら雨樋を詰まらせることもない。前の巣のすぐ横なら、燕がとまどうこともないでしょう。屋根の下は天敵の鳥にも狙われにくいから、安心して子を育てられる」

「妙案だわね。新さん、頭良いわ」

およしは感心して、横目で幻庵を見た。

「ねえ、先生？　これなら文句ないわね」

「結構」

幻庵は満足げに顎鬚《あごひげ》を撫《な》でつつ、家に入っていった。

「よかった。これで来年も燕が来るよ」

岳男が甘えた鼻声を出し、新市を見上げた。

「雛、ちっちゃいんだろうな。早く見たいや。来年が待ち遠しい」

「気が早いな」

新市が笑みを返した。

「もし来たら、そっとしておいてあげるんだぞ。親鳥が一生懸命に育てているんだから」

「わかってるって」

師匠の幻庵には敬語だが、岳男は新市には気軽な物言いをする。下働きだと侮《あなど》っているのではなく、親しみを込めているのだろう。

新市は見たところ三十四、五だ。歳でいえば十歳の岳男の父親でもおかしくないが、女房が捜しにこないからには独り身なのだろう。

この家にしばらく置くと決めたとき、幻庵が木戸番《きどばん》に行方不明者の届出がないか確かめにいったが、それらしい届出はなかった。死別か離縁でもしたのか、それとも一度も所帯を持ったことがないのかと、よけいなお節介《せっかい》と承知しつつ気になる。

これだけいい男がどうして、と不思議なのだ。

妻子のことだけではなく、親兄弟がいるかどうかもはっきりしない。

渡し場近くの川原で怪我をして倒れているところを見つけ、幻庵の家へ連れてきてひと月余り、相変わらず新市の口は固いままだ。頭を打ったせいで記憶が曖昧《あいまい》になっているのだという。名は憶えているが、家も仕事も思い出せないというのだ。

正直なところ、よく助かったものだと思う。

およしが見つけたときはひどい有り様だった。新市に体力があったのが幸いしたのだが、高熱が出ている上に意識が朦朧《もうろう》としていて、これは駄目かもしれないと内心思っていた。

幻庵の手当が功《こう》を奏《そう》し、熱が下がってきたのは三日後、徐々によくなって、床上《とこあ》げしたのが五日ほど前のこと。

痛々しかった目の周りや口の脇の青痣《あおあざ》はほとんど目立たなくなり、痛みも日《ひ》にち薬《ぐすり》でやわらいでいるようだ。幸い骨は無事で、雨樋の掃除を手伝ってもらえるほどには回復したが、今も新市は家にいる。

そうしなさい、と幻庵が命じたのだ。床上げしたといっても、三日も高熱を出したからには、体が芯から弱っているはず。普通の暮らしに戻れるのはしばらく先、それまでしっかり養生《ようじょう》するようにと引き止めた。

新市はその言葉にしたがい、家に留《とど》まっている。

しかし、おとなしく寝ているのには飽《あ》きたようだ。何か自分にできることはないかと問われ、およしは幻庵と相談し、簡単な手伝いをしてもらうことにした。そのほうが新市も気が楽だろうと思った。

はじめは座ったままできることから手伝ってもらい、次にちょっとした立ち仕事を頼んだのだが、掃除でも何でも新市は手際《てぎわ》よくこなし、そのうちおよしのほうが頼るようになった。

助けてもらった礼だと言うが、こちらのほうが礼を言いたいくらいだ。新市は働き者で腰が軽く、頼んだことを快く引き受けてくれる。おかげで前から気になっていた戸口のがたつきや、滑りの悪い雨戸も直った。

幻庵は医者の仕事で忙しく、家のことはちっとも構わない人だし、岳男は子どもだ。およしは新市が来るまで、一人で炊事や掃除に追われていた。

四十七の幻庵は腕の良い医者で、患者は朝から晩まで引きも切らない。商売繁盛はいいことだが、裏方のおよしは大変だ。

診療所は清潔が大事で、一日に何度も手を洗うくらいなので汚れ物も多く、毎日やっても洗濯が追いつかない。男の手で揉み洗いすると血もよく落ちるから、新市が来てくれて大助かりだ。

燕の巣を動かした後、溜まっていた埃を払い、雨樋の掃除は終わった。葉が落ち出す前に片がつき、おかげさまで気持ちも軽くなっている。

「さて、昼食の支度をしようか」

「はい」

新市と一緒に四人分の食事を用意した。並んで台所に立ち、分担してご飯を作るのも、今では当たり前になってきた。

新市は米を研ぐのが上手《うま》い。

まずは手早くすすいで水を切り、それから手のひらで優しく握るさまが堂に入っている。要するに、米の扱いかたがこなれているのだ。最初のすすぎが肝心だとも熟知している。

だから当然、新市の炊くご飯はおいしい。

「誰に教わったのよ」

きれいな手で米を研いでいるのを見ると、つい詮索《せんさく》してしまう。

「近所のおかみさんたちです。井戸端にいたら、親切にあれこれ教えてくださいました。よほど手つきが危なっかしかったんでしょう」

その当時のことを思い出したのか苦笑いしている。

「何言ってるの。新さんがいい男だから、おかみさん連中もちょっかいを出すのよ」

新市みたいな男が井戸端にいたら、およしだって口を出し、ついでに手も貸したに違いない。何しろ幻庵のところに来る患者の中にも、目を留めてふり返っていく女がいるくらいだ。

からかっても新市は乗ってこない。

いやあ、と首を傾《かし》げ、さらりと話を変えた。

「およしさんのほうが上手ですよ」

「米のこと？」

「はい。こう米を握るときの力が絶妙です」

「まあ、慣れてるからね」

「そうですか」

新市は無難な相槌《あいづち》を打った。

どうして慣れているのか、とは深追いしてこない。

「昔、米屋の妾《めかけ》をしていたのよ、あたし」

訊《き》かれないから、およしは自ら打ち明けた。

「だから上手なのよ。旦那に仕込まれたから。米屋の主でしょう、うるさかったのよ」

「商売柄ですかね」

「ええ、そう。薄情な人で捨てられちゃったけどさ、米の研ぎ方を仕込んでもらったことは儲《もう》けものだったわ」

米屋の主には、向島に小さな家を持たせてもらっていた。さる豪商の別邸というだけあり、窓からは墨堤の桜並木が望める、風流な作りになっていた。

離れの三畳間には、住み込みの女中とその息子が住んでいた。おふじさん。今はもう亡くなったが世話になった。幻庵ともその頃からの知り合いだ。もっとも当時は医者と患者だったけれど。

妾だったときは、たま江と名乗っていた。およしは我《わ》が儘《まま》で、ずいぶん手を焼かせた。それでも今もこうして雨露《あめつゆ》をしのげ、食べるのに困らない暮らしができているのはひとえに幻庵が寛容だからだ。

中年になって面の皮が厚くなり、そうした昔話もできるようになったものの、およしも新市の年頃のときは世間に対して構えていた。主に飽きられた妾ほど、みじめなものはない。明日にも家を追い出されるのではないかと内心びくつきながら、怯えを気取《けど》られまいと気負っていたものだ。

「新さんも白いご飯が好きよね。小さいときから？」

「そうです。白いご飯があれば、おかずはなくても平気なくらいでした」

「まあ。それじゃあ、おっ母さんも腕の振るい甲斐《がい》がないわ」

だから、無理に聞き出そうとは思わない。

詮索しなくとも、新市が善人なのはわかる。穏やかな顔つきや物言いから十分に窺《うかが》える。

新市が釜を火にかけている間に、およしは味噌汁を作った。漬け物を切り、冷や奴に添える生姜《しょうが》をすり下ろす。新市はじっと竈の傍に立ち、火の番をしている。

はじめちょろちょろ、中《なか》ぱっぱ。

じゅうじゅう噴いたら火を引いて——。

新市は愚直なまでに、正しい米の炊き方を守る。

最初は弱火、それから一気に火を強め、白い湯気が噴き出したら、反対にとろ火にする。それから四半刻《しはんとき》弱、火が消えないよう気をつけながら、パチパチとできあがりの音がするまでじっくり待つ。

やがて、パチパチと音がしてきたのを潮に、新市は釜を慎重に火から下ろした。

その手の指先が揃《そろ》っている。

「何です?」

視線を感じたのか、新市がこちらをふり返った。

「ううん、何でもない。さ、味噌汁ができたから運んでちょうだい」

新市は姿勢がいい。

何をしているときも背筋が伸びており、頭のてっぺんから爪先まできちんと神経が行きとどいている。

丸盆に箸と茶碗を載せ、診療室の続き部屋の茶の間へ運んだ。およしがお膳立てしたところへ新市が来て、味噌汁の椀を右、茶碗を左に置く。こういう所作に育った家の躾《しつけ》が出る。

岳男に手伝わせると、これがいつも逆さまになる。

「いい加減覚えたらどうなの。ご飯は左側よ」

と言っても、岳男は生返事を寄こすだけ。

覚える気がないのだ。師匠の幻庵ならともかく、下働きのおよしが言うことなど、てんで聞きやしない。

「そんなの、どっちでもいいじゃないか」

機嫌の悪いときには口答えをして、頬をふくらませる。ご飯茶碗と汁椀の位置など、右だろうと左だろうと構わないと決めてかかっている。

岳男は幼いうちに両親と死に別れている。

その後、幻庵に見習いとして引き取られる前は、親類の家を盥回しにされていたらしい。どの家でもろくに世話をしてくれなかったのか、まともな躾も受けていないのは岳男の口から聞かなくてもわかる。

新市の場合、岳男と反対で、両親にしっかり育てられたことがちょっとした所作や立《た》ち居《い》振《ふ》る舞《ま》いから窺える。

茶碗と箸の置き方だけではない。新市は食べ方がきれいだ。音を立てず、かき込んだりもしない。箸の使い方など、岳男には手本にしてもらいたいくらいだ。

白いご飯が好きで、おかずがなくても平気だったというのは、食べるものに不自由しない育ち方をしたから言えること。新市の家では、よほどいい米を食べていたのだろう。

真っ黒に日焼けしているが、本当は名主《なぬし》や大きな商家の出なのではないか。何か故《ゆえ》あって今の暮らしをしている。そんな気がした。

独り身だとしても、親兄弟はいるだろう。新市の歳なら、よほど不運でない限り、誰かしら身内が生きていそうなものだ。届出がないのは実家と縁切りをしているせいかもしれない。

怪我をして倒れていた経緯《いきさつ》も気になる。

幻庵に聞いたところによると、新市の拳《こぶし》は無傷だったらしい。つまり、一方的に殴られたわけだ。体格も良く力もあるだろうに、やり返さなかったわけだが、さもありなんとも思う。

これだけの色男だから、黙っていても女が寄ってくるに違いない。揉め事の種もたぶん女絡みだ。近所の女房に懸想《けそう》され、勝手に濡《ぬ》れ衣《ぎぬ》を着せられて、亭主にやられたのかもしれないと、およしは睨んでいる。

三

暖簾を出してすぐ、可愛いお客があらわれた。

「こんにちは」

朗らかな声で挨拶し、敷居をまたいで店に入ってくる。

「いらっしゃいませ。——あら、あなた」

おけいは木綿の着物に繻子《しゅす》の帯を締めた女の子を見て、目を瞠《みは》った。

「前にもお会いしたわね。お家《うち》は渋江《しぶえ》村でしょう」

「はい。もうお体は大丈夫ですか？」

女の子もこちらの顔を憶えていた。

「ええ、おかげさまで。すっかり良くなりましたよ」

この女の子と会ったのはしばらく前、まだ夏の頃だった。

『しん』の馴染み客の六助《ろくすけ》から噂《うわさ》を聞き、おしげと一緒に渋江村まで行ったときに顔を合わせた。

生き別れになったままの弟の新吉《しんきち》を訪ね、勇んで舟で川を渡り、駆けつけたのだが、途中でおけいは目眩《めまい》を起こした。そのとき助けてくれたのが目の前にいる女の子だ。

「お名前は？」

「あかねです」

女の子は溌剌《はつらつ》と答えた。日焼けした顔が丸々としている。

「そう、あかねちゃんと言うの。いらしてくれて嬉しいわ。あなたにずっとお礼を言いたいと思っていたのよ」

歩けなくなったおけいは、あかねの家で少し休ませてもらった。

その家が新吉の住まいだった。

といっても、訪ねたときには既に引っ越していた。あと少し早ければ再会できたろうに、空振りに終わった。

あかねは、新吉が引っ越した後、その家に越してきた家の子どもだ。おけいの具合が悪そうな様子を見かね、家で休んでいくよう声をかけてくれた。その言葉に甘え、おしげや六助と共に上がらせてもらった。

あの部屋の様子は今も憶えている。

感じの良い住まいだった。板の間に茣蓙《ござ》を敷いたきりで調度《ちょうど》も少なく質素だが、すっきり片付いていたものだ。

部屋の隅には衣桁があり、男物の着物と、今あかねが着ている金魚模様の浴衣が掛けてあった。男物の着物は色の褪《さ》めた木綿ものだった。新吉ではなく、あかねの父親のものだろうが、不思議と懐《なつ》かしい感じがした。

次の月、店の休みの日に渋江村へ行ったのだが、あかねには会えなかった。家は無人で荷物もなく、空き家になっていた。何か事情があったのか、あかねの一家も越していったらしい。

礼も言えなかったのが気懸かりだったから、こうして再会できたのは僥倖《ぎょうこう》だ。

「ここはおばさんのお店なんですね。あたし、今日はお使いで来たんです」

「まあ、それで。偉いわね、こんなところまでお使いなんて。川向こうからだもの、遠くて大変だったでしょう」

お使いと聞いて、子どもが一人で入ってきたことも腑《ふ》に落ちた。

おけいはあかねを正面の長床几《ながしょうぎ》へ案内した。厨で麦湯《むぎゆ》を淹れ、お茶《ちゃ》請《う》けのあられを小皿に盛る。

盆を手に店に戻ると、あかねは物珍しそうに店の中を見回していた。子どもにはこういう飯屋が珍しいのだろう。

「どうぞ。熱いから気をつけてね」

「はい、いただきます」

おけいに促され、あかねは湯呑み茶碗へ手を伸ばした。

「いただきます」

行儀の良い子だ。両手で湯呑み茶碗を包み、小さな口を尖らせて湯気を吹く様が愛らしい。

あかねは一口啜り、ぱっと目を輝かせた。

「わあ、おいしい。麦の味が濃くて香ばしいですね」

おけいに対して気を遣って言う。奉公しているからか、子どもにしては如才《じょさい》ない口を利く。

湯呑み茶碗を置くと、あかねはあられにも手を伸ばした。

「これもおいしい。お店で作ったものですか？」

カリカリと、いい音を立てて食べて言う。

「賄《まかな》いのご飯の余りで作ったのよ。たくさんあるから、お代わりが欲しくなったら言ってね。お使いは何を頼まれたの？」

「茶豆ご飯です。持ち帰りますので、二人前包んでください」

一瞬、聞き間違いかと思った。

「枝豆を炊き込んだご飯のことかしら」

「いえ、茶豆です。こちらのお店へ伺《うかが》えばあるはずだって、旦那さんが言っていました」

旦那さん。

物言いからして、あかねは奉公に出ているようだった。

渋江村に住んでいたときには家で留守番をしていたようだが、外で働いているのか。親に何かあったのか。よけいな詮索と承知しつつ気になる。

「それはそれは。贅沢《ぜいたく》な旦那さまねえ」

厨からおしげが出てきて、あかねに笑いかけた。

「こんにちは。その節は、うちの娘がお世話になりましたね」

「そんな。あたしは何もしてないです」

あかねは顔を赤くして照れた。

「大助かりでしたよ。あなたが家に上げてくださったおかげで、この子もわたしも人心地《ひとごこち》ついたんですもの。そう、今は奉公なさっているのね。そこの旦那さんが茶豆ご飯を所望《しょもう》されているの？」

「はい。あの、贅沢ってどういうことでしょう。普通の豆ご飯と違うんですか？」

「そうねえ」

おしげは思案顔になった。

どうやら、あかねは茶豆が何か知らずに、使いにきたようだ。それも道理。飯屋をしているおけいも名は知っているだけで口にしたことはない。お金を出しても、そうたやすく手に入るものではないのだ。

「茶豆は高直《こうじき》なのよ。何しろ、庄内藩《しょうない》の鶴岡《つるおか》でわずかに作られているだけですもの。土地の人でも、高くて中々手が出ないんですって。この辺りではめったに市場にも出ないくらい」

「市場に行っても買えないんですか？」

あかねは途端に不安そうな顔になった。まさか、そんな貴重なものとは知らず、使いに出されたようだ。

「大丈夫よ。あなた、運がいいわ」

おしげが明るい声で請《う》け合《あ》った。

「え？」

「ちょうど今朝、青物市場へ入ってきたのよ、とっておきの茶豆が。――ねえ、平助さん？」

おしげが厨に向かって声を張ると、平助が出てきた。豆絞りをかぶり、たっぷり豆のついた房《ふさ》を手に持っている。

「茶豆ご飯を食べたいってのは、お嬢ちゃんかい」

「うちの旦那さんです」

「ほーお、口が肥《こ》えてる旦那だな」

平助は背丈が低く痩せているが、声が大きい。

毎朝、魚河岸と青物市場へせっせと通っているから、還暦を迎えてもなお足腰はしゃんとしている。年中真っ黒に日焼けして、白目ばかりが目立つ。

「ほい、これがご所望の茶豆だ」

「……茶色い」

あかねがつぶやくと、平助はぷっと噴き出した。

「そりゃそうだ。だから、茶豆ってんだよ。よく見てみな、豆に茶色い毛が生えてるだろう。これが目印だ」

「だから茶豆と言うんですね」

真面目《まじめ》くさった顔でうなずき、あかねはさっと平助が持っている茶豆の房に手を伸ばした。

「触っちゃいけねえよ。毛が刺さるぜ」

たちまち、あかねが手を引っ込める。

「——なんてな。冗談だよ」

肩を揺すって平助が笑う。

「もう！」

あかねが頬をふくらませた。

「けど、気軽に触ってもらっちゃ困るのは本当だぜ。さっきもうちの女将《おかみ》が言ったように、茶豆はめったに市場に出回らない貴重なものなんだ。手に入ったのも、昔の知り合いが声をかけてくれたおかげでね。豆の一粒も無駄にはできねえ」

「豆の固さを確かめようとしたんです。すいかだって、買う前に叩いてみるでしょう？」

あかねは顎を上げて言い返した。

「ご飯と一緒に炊き込むから柔らかくなるさ」

「そうだけど——」

「すいかを叩くのだって、当てずっぽうみたいなもんだろ」

「でも、うちの旦那さんは味にうるさいから。隠居する前は、駿河町で大きな酒問屋の主だったんです」

「そうかね。酒問屋が豆に詳しいとは初耳だ」

「贅沢なものを食べつけているお人ですからね。下手《へた》なものを持って帰ると、あたしが怒られます」

からかわれたのが癪に障ったのか、あかねは平助に食ってかかった。気の強い子らしい。

「心配しねえでも、とびきりうまく炊いてやるよ」

とはいえ、平助は何の痛痒《つうよう》も感じないようで、仔猫に指を噛《か》まれたみたいな顔をしている。

「ご飯の炊き具合は硬めと柔らかめ、旦那さんはどっちがお好みだね」

「硬め。柔らかくすると不機嫌になるの」

「ほいよ。ちょっと待ってな、上手に炊いてやるから。で、おかずは何がいい？」

「おかずって？」

あかねは首を傾げた。

「茶豆ご飯だけじゃ味気ないだろ。ついでにおかずも作ってやるよ。どんなものがいいかね」

「夏負けに効くものはありますか」

しばし考えた後、あかねはむっつりした顔で言った。

「お嬢ちゃん、夏負けしてるのかね」

「まさか。あたしじゃなくて旦那さんのためです。今年は暑さが長引いているでしょう。さっぱり食べられて、力がつくものを食べさせてあげたいの」

ツンケンした口調ながら、殊勝《しゅしょう》なことを言う。

「ふん、孝行なこった」

顎をつるりと撫で、平助があかねを見た。

「だったら冬瓜《とうがん》はどうだね」

「とうがん？」

「瓜《うり》だよ。昔から採れる野菜で、滋養があるんだ。おい、健志郎。一つ持ってきな」

平助に呼ばれ、厨から健志郎が出てきた。立派な冬瓜を抱えている。

「わあ、大きい」

「持ってごらん」

健志郎が冬瓜を差し出しても、あかねは受けとらなかった。両手を後ろに回し、平助に向かって顎をしゃくる。

「触ってもいいんですか?」

「おうよ。持ってみな」

「わかりました」

あかねはうなずき、健志郎から冬瓜を受けとった。両手を広げ、落とさないようしっかり抱える。

「わ、重たい」

「すごいだろう。今朝、市場で仕入れてきたんだ」

「何日分かしら。こんなに大きかったら、食べ切る前に駄目にしちゃうわ。うちは旦那さんと二人だけだから」

ちゃんと料理をする者の台詞《せりふ》だと、おけいは思った。親の手伝いをしない子どもにこの発想はない。

「冬瓜は日持ちするから平気だよ」

健志郎が優しく諭《さと》した。

「夏に採れたものが冬まで保《も》つから冬瓜と言うくらいでね、切らないでおくと、暗いところへ置いておけば腐ることもない」

「へえ。そうなんですか。だったら重宝《ちょうほう》ですね」

あかねが健志郎を見上げ、笑った。すっかり機嫌を直したようだ。

「そうだろう。わたしも以前、家の庭で育てたことがある。味が淡泊《たんぱく》で飽きないし、暗いところへ置いておけば、冬まで保つというんだから本当に重宝な野菜なんだよ。

——何ですか、師匠。ニヤニヤして」

「いや、いっぱしに話せるようになってきたと思ってよ」

「止してください。全部、師匠の受け売りなんですから」

健志郎はにきびの散った顔を赤らめた。平助に褒《ほ》められるのが照れくさいのだ。

あかねに持たせていた冬瓜を返してもらい、さっさと厨へ引き上げていった。

「うちの弟子が言ったとおりでよ、冬瓜が一つあれば、おかずに困ることはない。良かったら、帰りしなに一つ持っていくかね。冬瓜にはのぼせた体を冷やす効き目があるから、夏負けの人には良い滋養になるぜ」

「本当に？」

「おうよ。実際、俺もしょっちゅう食ってる」

火を使う厨で働く平助にとって、夏の暑さは大敵だ。それだけに言葉には実感が籠《こ》もっている。

「一つあると便利なんだよ。手の込んだことをしなくても、味噌汁の具にしたり、塩で揉んで漬け物にすれば十分おかずになるからな」

「……ありがとうございます」

あかねは顔を赤らめ、平助に礼を言った。

「いいってことよ。じゃあ、俺は厨へ戻るぜ。待ってな、旦那に褒めてもらえるよう、とびきりうまい茶豆ご飯と冬瓜のおかずを持たせてやるから」

「はい」

こくりとうなずき、あかねは平助に頭を下げた。

少々気の強いところはあるが、素直な子らしい。親御さんの育て方が良かったのだろう。

あかねはおとなしく麦湯を飲んでいる。

茶豆ご飯を所望している人には、思い当たる節《ふし》がある。おけいの頭には気難しい隠居の顔が浮かんでいた。

貴重な茶豆を食べたがり、そのくせ自分で足を運ばず、使いを寄こす人というと、他に思い当たらない。そう、向島の彦兵衛さん。あかねによると駿河町の酒問屋の元主と言うのだから間違いない。

わざわざ鄙《ひな》びた橋場町の『しん』へ茶豆ご飯を注文してきたのは、かつて神田の名店『桔梗《ききょう》』で板前をしていた平助の腕を見込んでのことだろう。

亡き妻を巡る平助への不貞《ふてい》の疑いは解けたはずだが、彦兵衛はその後も店に顔を出してくれない。たぶん決まりが悪いのだ。気位《きぐらい》が高い人だけに、勝手に敷居を高くして、暖簾をくぐるのを避けているのだ。

おけいが厨へ行くと、健志郎が茶豆を莢《さや》から外していた。その横で、平助がせっせと米を研いでいる。

「あら、珍しい」

このところ平助は米研ぎを健志郎に任せていたはずだ。

「なに、あのご隠居は酒問屋だけに、米にはうるせえんだ。少しでも糠《ぬか》の匂いが残ってたら、箸を放り出すに決まってる」

そういうこと。

平助も気づいているのだ。茶豆ご飯を所望した本当のお客が誰なのか。

「変わったお方ですね。食べたいなら、自分が店へ来ればいいのに」

健志郎は不思議そうだ。

「俺と顔を合わせたくないんだろ」

「何か曰《いわ》くがあるのですか」

「おう。大ありさ。ま、いいじゃねえか。ご隠居のおかげで貴重な茶豆が手に入ったんだ。せいぜいうまい茶豆ご飯にして、食わせてやろうじゃねえか」

米を研ぎ終えた平助は、冬瓜を俎板《まないた》に置いた。

茶豆ご飯のおかずにするのだという。何を作るかはできあがってのお楽しみらしい。


半刻（約一時間）後。

「お世話をかけました」

おけいは風呂敷に包んだ重箱を渡し、冬瓜を別の風呂敷に包んであかねの背中に括《くく》りつけてやった。

あかねは紙にくるんだ金でお代を払った。彦兵衛が前もって持たせたものらしい。中を覗《のぞ》くと、過分な金が入っている。

「こんなにたくさん、いただけませんよ」

「どうぞ、そのままお納めください。そのままお渡しするよう、言われてますので」

無理にお釣りを渡しても、あかねを困らせることになりそうだ。おけいはおしげと相談した。このお礼は別の形で返すことにして、ひとまずここはそのままお代を頂戴《ちょうだい》しておく。

おけいはおしげと二人で、店の外まで見送りにいった。

「気をつけて帰ってね」

「はい、ありがとうございます」

「彦兵衛さんにも、よろしく伝えてくださいな。たまにはお店にも顔を出してください、って」

おしげが言うと、あかねは上目遣《うわめづか》いになって首をすくめた。

「やっぱり、わかりますか？」

「わかりますとも」

さも当然といった態《てい》でおしげがうなずくのを見て、おけいも「ええ」と同調した。

「お元気でいらっしゃる？」

「それはもう」

あかねが破顔《はがん》する。

「朝から晩まで悪態ばかりついてます」

「まあ――」

呆気《あっけ》に取られ、思わずおけいは目をしばたたいた。

「相変わらずね。お元気そうで何より」

おしげの笑い声に見送られ、あかねは去っていった。

達者な口を利くが、体つきは幼く頼りない。木綿の着物にはまだ肩揚げがついている。

冬瓜を背中に括りつけ、持ち重りする重箱を抱え、川へ向かっていく様がいじらしく思え、おしげが店に戻った後も、おけいはその場を立ち去りがたかった。

せめて無事に舟に乗るまでと、渡し場に向かう小さな後ろ姿を見守っていると、入れ違いに四角い顔の中年男がやって来た。

「わざわざ出迎えてくださるんですか」

おけいの顔を見て、にやりと片方の口を吊り上げる。

十手《じって》持ちの長吉《ちょうきち》だった。

何が気になるのか渡し場を見遣《みや》り、愛想《あいそ》笑いを作ったおけいの目の中を覗《のぞ》き込む。

そのとき渡し舟が岸につくのが視界の隅に映った。

あかねが乗り込み、ちらとこちらへ振り返る。気がつくと、長吉がおけいの目線を辿《たど》っていた。

「あの子どもは何です？」

「お客さまですよ」

「へえ？　ほんの十くらいにしか見えませんでしたがね。どこの子です」

「はじめていらしたお客さまですので、あいにく存じません」

「ふうん」

十手持ちは疑うのが商売とはいえ、あんな子どもまでそんな目で見るのですかと思ったが、口に出して言うわけにいかず、おけいは長吉を店へ案内した。

四

『しん』から戻ってきたあかねにお膳立てしてもらい、彦兵衛は遅い昼食を摂《と》った。

使いに出したのは朝なのに、もう午《うま》の刻（正午）を回っている。

「すっかり背中とお腹がくっついちまった」

空腹でさんざん待たされた彦兵衛は厭味《いやみ》を言い、ついでに帯のところをさすってみせた。

「しょうがないでしょ。わざわざ炊いてもらったんだもの」

「それにしたって手間が掛かり過ぎだよ」

早く食べたくて気が急《せ》くのをごまかそうと、彦兵衛は声を尖らせた。

「もしや、途中で道草を食っていたんじゃなかろうね」

「いいえ。そんなことしません」

重箱の蓋《ふた》を開けた途端、ふわりと出汁と豆のいい香りが立った。

あかねはてきぱきと茶豆ご飯をお櫃《ひつ》に移し、茶碗へよそった。重箱の一段目には茶豆ご飯、二段目には冬瓜の焼きびたしが入っていた。それを小皿へ移し、台所へ行って、味噌汁の椀を載せて戻ってくる。

「はい、できましたよ」

前掛けを外しながら、あかねが真向かいに腰を下ろした。彦兵衛がさっそく食べはじめると、あかねは「いただきます」と挨拶して箸をとった。それが少々決まり悪く、そっぽを向いて味噌汁を啜る。

期待したとおり、上出来な茶豆ご飯だった。

昆布の出汁が利いていて、そのくせ豆の旨味《うまみ》が際立っている。細く割《さ》いた貝柱も良い味を出しており、炊きあげた後でまぶしたであろう、白胡麻《しろごま》も香ばしい風味を加えている。

それより何より、このふっくらとした炊き具合といったらどうだろう。悔しいが、やはり平助はいい板前だ。重箱に詰めて持って帰り、やや冷めた豆ご飯でも思わず舌を鳴らしてしまうほどうまい。

市場に手を回して、平助に仕入れさせた茶豆がいいのはもちろん、やはりご飯がふっくら炊けているのが良かった。出汁が濃すぎず、薄すぎず、ちょうどいい塩梅《あんばい》なのが小面憎《こづらにく》い。

何がと言えば、平助が還暦を迎えてもなお、腕の良い板前だということだ。とうに隠居して向島に引っ込み、おまけに跡を譲った息子に、体ばかりか頭の具合まで案じられている彦兵衛とはそこが違う。

『しん』はおっとりした母娘《おやこ》がやっている小体《こてい》な店だから、平助のような年寄りが板前をしていられるのかもしれない。

だとしても、この味を出されると、ぐうの音《ね》も出ない。本人の前でそういう顔をするのが悔しいから、彦兵衛は自分では店に足を運ばず、あかねに使いを頼んだのだった。

「冬瓜も食べてよ。滋養があるんだから」

「ふん。冬瓜など水っぽいだけだよ。それより茶豆ご飯だ。うまいだろう？」

「おいしいけど、すごく高直なんでしょう」

「そうでもないさ」

「庄内藩の鶴岡でちょっと作っているだけで、めったに市場にも出回らないんですってね。あたしにはもったいないみたい」

「くだらん遠慮はいいから食べなさい」

彦兵衛の家に来て五日、あかねが出ていく気配はない。

親はいないと言い張っているが、十の子どもが一人で暮らしていたわけはなし、仮に両親と死に別れたにしても、祖父母か伯父伯母か、あるいは大叔父でも何でも、一人くらいは身内がいそうなものだ。

もし誰もいなければ、住み込みで奉公に出るしかないが、ひょっとして生意気が祟《たた》り奉公先を追い出されたか。あるいは嫌になって自分から逃げてきたか。そんなところかもしれない。少なくとも尋常な家の子ならば、そろそろ里心がついて親のもとへ帰りたくなる頃だ。

考えながら味噌汁の具をつまむと、冬瓜だった。

「どう？　さっそく使ってみたの。食べてみて」

あかねが目敏《めざと》く気づいて薦《すす》めてくる。

「冬瓜はのぼせた体を冷やしてくれるのよ。爺ちゃん、暑さにバテてるでしょう。夏の間に体へ籠もった熱が抜けてないのよ」

賢《さか》しらな物言いが愉快だった。

こちらを目上の者とも見ていないような態度は気に障るが、ぽんぽん言葉が返ってくるのが心地よく、そのうち叱るのが面倒になってくる。

「医者みたいな口を利きおって」

「そうよ。お医者さんに聞いたの」

「なんだ、あんた医者の娘か？」

「違うわ」

「だったら、どこの医者に聞いたんだよ」

あかねは返事もしない。

しらっとした顔をして、黙々と味噌汁を啜っている。

やむなく追及の手を緩《ゆる》め、彦兵衛は話を変えた。

「女将の二人は元気だったか」

「何の話？」

「『しん』の女将だよ。丸顔ぽっちゃりの色白な若女将と、あんな鄙びた一膳飯屋に立たせておくにはもったいないような美人の女将がいたろうに。ま、そうは言っても年増《としま》と大年増だがね」

平助に会うのは業腹《ごうはら》だが、あの二人なら顔を拝んでもいい。

特に母親の女将のほう。おしげは辛辣《しんらつ》だが同年代で、話し相手にするのには気が楽だ。

「元気だったわよ。おけいさんと、おしげさんでしょう」

「そうそう、その二人」

「年増かどうかは知らないけど、優しい人たちだったわ」

あかねが箸を止め、つぶやいた。その声が妙にしょんぼりと響いた。

「どうした。腹でも痛むか」

暑い中、使いに出たせいで疲れたのか。

彦兵衛が顔を覗こうとすると、あかねは煩《わずら》わしそうに目を背《そむ》けた。

気になったが、無理に問うても答えてくれそうに思えなかった。食事をしながら、ちらちらと顔を窺《うかが》っていると、あかねがこちらを見た。

「爺ちゃん、あの女将さんが好きなの？」

ふいの問いにうろたえ、彦兵衛は目を剝《む》いた。

「馬鹿。あたしは女房持ちだよ」

「この家にはいないみたいだけど」

「亡くなったんだ。元からいないわけじゃない。減らず口を叩いていないで、さっさと食べなさい」

まったく。

的外れなことを言うものだ。そんなわけがあるか。断じてない。そう思うのに、耳が熱くなるのが我ながら業腹で、黙っていられなくなった。

「大体ね、食事中は黙っているもんだよ。お前さん、親からどういう躾を受けたんだい」

「何も悪くない女の人をつかまえて、年増だの何だのと陰口を利く人にそんなこと言われたくないわ。――ご馳走さまでした」

あかねは冷めた口ぶりで言って箸を置き、さっさと自分の茶碗と汁椀を持って立ち、台所へ行ってしまった。


「出かけてくる」

いつも医者へ行くときの巾着《きんちゃく》を提《さ》げ、彦兵衛は家を出た。

「少し遅くなるよ」

草履《ぞうり》をつっかけて言ったが、茶の間はしんとしている。

何だい。

主が出かけるのだから、どこへ行くのかくらい訊いてもよさそうなものだ。おまけに返事もしないとは失敬な、と腹の内で毒づいていたら、戸を閉める直前に「行ってらっしゃい」と暗い声が返ってきた。

遅いんだよ。と、口の中でぼそりとつぶやきつつ、それでも胸が軽くなる。『しん』の女将たちのことで小言を呈されたことが気まずかった。

本気で言ったわけではない。ほんの軽口のつもりだった。真《ま》に受けるとは面倒な子どもだ。これではうっかり冗談も言えやしない。

暦の上では秋になったはずなのに、蒸し暑い日が続いている。今も午の刻を回ったというのに、日向《ひなた》では直射日光が眩《まぶ》しいほどだ。しかし冬瓜のおかげか、さほど汗は出ない。

木戸番《きどばん》小屋に行って訊《たず》ねてみたが、あかねらしい娘を捜している親からの申し出はなかった。

「この町に限らず、そういう迷子の噂を聞いていたら教えてもらいたいのだがね」

さして期待はしていなかったが、あっさりないと言われると癪に障る。これでは何のための木戸番なのかと、食ってかかりたくなる。

「ま、いいよ。何かわかったら教えておくれ」

木戸番小屋には先客がいた。

顎の張った中年男で、一見したところは商家の手代《てだい》のような身なり、顔つきだが、どことなく目つきが鋭い。

それもそのはず、男の羽織の下から十手が覗いていた。やはり、ただの手代ではなかった。木戸番と彦兵衛が話をしている間、どうも耳をそばだてているようだと思ったら、そういうわけかと腑に落ちた。

間の悪いところに来たものだ。十手持ちと知っていたら、あかねの話などしなかったのだが後《あと》の祭りだった。

でも、まあ——。

さすがに十手持ちの世話になるような、裏のある娘のはずはなかろう。彦兵衛は己に言い聞かせながら、木戸番小屋を後にした。

第二章　勘繰《かんぐ》り

一

雨が近いようだ。

使いを終えた帰りになって、ようやくおよしは気づいた。

幻庵に言われ、橋場町まで患者へ薬を届けに行ってきたのだが、頭が鈍く痛んで水音が耳に障る。

道理で頭痛がするわけだ。四十を超えてからというもの、どういうわけか雨に弱くなった。降り出す前から頭が重くなり、体が大儀《たいぎ》になる。

そういえば、おふじもそんなことを言っていた。米屋の家を出て、二人で長屋住まいをしていたときのことだ。よく働く人だったが、曇天《どんてん》のときはときおりだるそうにしていた。

こんな日に限って舟が中々来ない。やっと来たかと思えば、お客を乗せていたりする。

およしは指でこめかみを揉み、ため息をついた。

さっき目の前を通り過ぎた渡し舟の船頭は、まだ若い男だった。せいぜい三十かそこらだろう。

雨のせいで頭が痛むなんて、あたしも歳だわ。

若い頃はよく仮病《けびょう》を使って男の気を引いたものだが、実際に体が弱る頃には男に相手にされなくなっている。いい加減にしておきなさいよ、と昔の自分に言ってやりたい。度が過ぎると、仮病が本当になるときには独りぼっちになっているんですからね、と。

おふじみたいに、子がいれば別だけれど。あの人には息子がいた。

ちょうどさっきの船頭より五つか六つ上、ちょうど新市くらいの年頃で、今は長崎《ながさき》で蘭方医《らんぽうい》をしている。宗吉《そうきち》さん。今は医者だから宗庵《そうあん》と名乗っているらしいが、およしの耳には宗吉のほうが馴染んでいる。

子どもの頃は潔癖で、妾をしているおよしに軽侮《けいぶ》のまなざしを向けていたものだが、二年前、おふじを看取《みと》るために里帰りしたときには、すっかり大人になっていた。およしのことは嫌っていたはずなのに、そんな素振りも見せず良い顔で長崎へ戻っていった。

おふじは女手ひとつで息子を育てていた。その分、親子の結びつきは強かった。立派に育った息子がいるだけ、おふじは幸せだったのだろう。

今年で三回忌。ついこの間亡くなったような気がするのに、早いものだと考えながら歩いていたら、少し前にいる、およしと同じ年格好の女に目が留まった。

笠をかぶり、着物を短い丈《たけ》に着付けている。

風呂敷包みを背負い、きょろきょろと辺りを見回している。笠で顔は隠れているが、狼狽《ろうばい》しているふうだ。

「どうなさいました」

近寄っていき、声をかけた。

「財布を落としてしまって――」

女は途方に暮れている様子だった。

向島で暮らしている妹のところへ来たのだという。

財布のことは手みやげに団子を買おうとして気づいたのだとか。お金も惜しいが、中にはお金の他、妹の家までの地図を描いた紙を入れてあったものだから、この先どっちへ進めばいいかもわからず、弱っていたという。

「財布を？　まあ、それはお困りでしょう」

「ええ。お金は諦《あきら》めるにしても、地図だけでも出てきてくれないと」

化粧っ気もなく、ほつれた髪にはいくらか白いものも交じっているが、およしより年上ということはないだろう。せいぜい同年配、ひょっとすると、三つ四つ下かもしれない。

「この町には、妹さんに会いに？」

「もう長いこと疎遠《そえん》にしていたんですけれどね。体を悪くしたと、手紙を寄こしたものですから」

心配になって様子を見にきたのだそうだ。

しかし、地図がなければたどり着けない。家へ引き返そうにも、今からでは日が暮れてしまう。先へ行くにも道がわからず、立ち往生していたわけだ。

長く疎遠にしていたとはいえ、いざとなれば訪ねてくる。そういう身内がいるのが羨《うらや》ましい。およしは天涯《てんがい》孤独だ。両親は二人とも既に亡くなり、兄弟姉妹もない。米屋の旦那との間には子もできなかったから、およしには身内と呼べるような者が誰もいない。

普段はそれを気楽に思っているが、体が弱っているときは不安になる。

こういうときは他人に親切にするのに限る。生きているうちはお互いさま。この善行をどこで誰が見ているとも知れないのだから、ささやかでも徳を積んでおくようにしているのだ。

「少し歩きますけど、木戸番へ行かれたらどうですか。もしかして、誰かが財布を拾って届けてくれているかもしれません。お連れしますわ」

「よろしいんですか？」

「ええ、もちろん。そのくらいお安い御用ですもの」

少々帰りが遅れても、幻庵なら嫌な顔をしないはずだ。口うるさいが根は親切な人だ。むしろ、ここで声をかけずに通り過ぎたりすれば叱られる。

岳男は文句を言いそうだけど。あの子はお腹が空くとすぐに不機嫌になるから。使いに出る前に、先にご飯の支度を始めておくよう、新市に頼んでおけばよかった。

ぽつん、と冷たいものがつむじに当たった。

あ、と思って上を向くと、空が暗くなっている。低く垂れた雨雲が広がり、すぐそこまで迫って見えた。続いて、足の指にもぽつんときた。手の甲、顔にもきて、その後はもうバラバラと音を立てて雨が落ちてくる。

およしは袖《そで》で頭を覆《おお》い、後ろをついてくる女をふり返った。

「ひとまず、どこかで雨宿りしましょう」

「これを」

女が笠を脱ぎ、差し出してこようとしたのを手で制し、小走りに急いだ。どこか雨をしのげそうな場所はないかと探すと、白木の看板が目に入った。暖簾が川風にはためいている。

屋根や壁は古く、くすんだ色をしているが、『しん』と見事な達筆で書かれた看板は雨模様の中でも目立っている。

入ったことはないが、橋場町で知られた一膳飯屋だ。夕飯には少々早いが、女は朝から歩き通しでくたびれているだろう。店で一休みして、温かいものでもお腹へ入れてもらえばいい。


戸を開けると、出汁醤油のいい匂いがふわりと鼻をくすぐった。

「いらっしゃいませ」

三十半ばほどの女が出てきた。

「まあ、大変」

なだらかな眉を曇らせ、およしと女を中へ招じ入れ、「拭くものを持ってまいります」と言い残し、小走りで奥へ行く。

入れ替わりに、年嵩《としかさ》の女が丸盆でお茶を運んできた。

この店の女将か。五十を過ぎていると思うが、はっとするほどの美人だ。

昔、米屋の妾になる前、およしは芸者をしていた。商売柄、きれいな女に囲まれており、美人も見慣れているつもりでいたが、それでもこの女将の美しさには少々驚いた。

「さ、どうぞ。暑さが残っているといっても、驟《はし》り雨に降られては体が冷えますでしょう」

白い手で左奥の長床几を案内され、女と並んで腰を下ろした。

せいぜい十人入れば満員になるような小さな店で、外観通り、中も年季《ねんき》が入っているが、掃除が行き届いているからか清潔な感じがする。

お茶は麦湯だった。じっくり焙《ほう》じてあって香ばしい。両手で茶碗を包み、大事に飲んだ。熱い麦湯でお腹の中が温まったおかげか、しつこい頭痛がやわらぎ、体が楽になった。

戸口を入って正面と、両側の壁に沿って置かれた長床几には、旅支度をした人や近所の者とおぼしき客が座り、めいめいに食事をしている。その他に小上がりもあり、そこからも人の声が漏れ聞こえていた。

傍らの女が笠を脱ぎ、脇へ置いた。その拍子に汗のにおいが立つ。

店の奥から三十半ばの女が手拭いをたくさん抱えてあらわれ、こちらへ差し出してくれた。洗い立てで、隅に花の刺繍《ししゅう》が入っている。

へえ、と思い、およしは刺繍に見入った。ひょっとすると、あの若女将が刺したのかもしれない。上手ではないが丁寧で、ぬくもりが感じられる。

米屋の旦那に捨てられて以来ずっと、およしの暮らしには彩《いろど》りが乏《とぼ》しい。見せる相手もいないからと、身の回りを飾ることからも遠ざかったが、美人女将を見たらたまには自分に手をかけてみようかと思った。

お金をかけなくても、できることはある。たとえば半衿《はんえり》に刺繍をしてみるとか。妾だった頃に揃えたものは今も手許にある。いいものばかりなのだから、しまいこんでおかずに使えばいい。

ぬれた首や手を拭いてさっぱりしたら、急にお腹が空いてきた。周りの客がおいしそうな顔をして食べているからだろう。

「せっかくだから、何かいただきましょうか。あたしがご馳走しますから」

およしが声をかけると、女は恐縮顔でかぶりを振った。

「それはいけません」

「これもご縁ですから、ご馳走させてくださいな」

「ありがとうございます。でも、平気ですよ。こんなこともあろうかと、少し別に分けて持ってきましたから」

「まあ、そうなの。賢くていらっしゃる」

「とんでもない。賢かったら財布をなくしたりしませんよ。でも、お気持ちはありがたく頂戴いたします。ああ、嬉しくてお腹が空いてきたわ」

「そうこなくっちゃ」

「お財布をなくされたの？」

美人女将が話に入ってきた。

「ええ、そうなんです。おっちょこちょいなもので」

「それはお困りでしょう」

「はい。でも、こちらの方が親切に声をかけてくださいましたから、気持ちは救われました」

女がおよしに笑顔を向ける。

「いえいえ。たまたま通りかかったので、声をかけただけですよ。木戸番へお連れするところだったんですけどね。途中で降られてしまいまして」

「それで、うちへ入ってきてくださったの」

「雨宿りできるところを探していたら、こちらの看板が目に入ったので、思わず飛び込んできちゃいました。こちらのお店、前から入ってみたかったから、良い機会だったわ。こういうのもご縁ですもんね。付き合わせてごめんなさいね」

およしは女に笑いかけた。

「あたし、よしと言います」

「このたびはお世話になりまして。きくと申します」

今さらながら互いに名乗り合い、女将を見る。

「わたしはこの店の女将で、しげと申します。あちらは娘のけい」

別のお客に麦湯を注いでいる若女将を手のひらで示して言い、上品に頭を下げる。

名が耳に入ったのか、おけいが振り向き、小さく会釈《えしゃく》した。白い頬に笑窪《えくぼ》が浮かんでいる。

そういうことか。母娘と聞いて納得した。

おしげとおけいは雰囲気がよく似ている。二人とも色白で肌理《きめ》のととのった肌をしており、立ち居振る舞いが美しい。おけいはふっくらとして細面《ほそおもて》のおしげとは違う型の可愛らしい人だ。

「何を召し上がります？　うちはご飯とお魚が自慢ですよ」

「撫子飯《なでしこめし》って、どんなお料理ですか」

壁の献立を見ておよしが訊くと、おしげがくすりと笑った。

「今日の目玉なんですけれどね、どんな料理だとお思いになる？」

歌うような声で謎をかけられた。

つまり、出てくるまで料理の内容は明かされないわけだ。撫子と聞いて思いつく魚はないが、どんなものが出てくるのか気になった。隣のおきくを見ると、およしと同じく興味のありそうな顔をしている。

「面白そう。撫子飯をくださいな」

「でしたら、あたしも」

同じ注文をして、ふふ、と顔を見合わせた。

そのとき心持ち目を細めたおきくの横顔を見て、おや、と思った。

意外と言っては失礼だが、輪郭がきれいだった。白髪交じりの髪を一つにまとめ、汚れてもいい木綿の着物をまとっているものの、口許が締まっており、顎の線も崩れていない。

きちんと白粉《おしろい》と紅《べに》をつけ、髷《まげ》を結い直したら、見栄えがしそうだ。ひょっとして、かつては同業だったのかもしれない。そう思って見ると、衿の抜き方もどことなく垢抜《あかぬ》けている。

一方、おしげとおけいの衿合わせはきっちりとしている。飯屋の女将と若女将というより、裕福な商家の母娘といった雰囲気で、自分とは違う道を歩いてきた匂いがする。

二人とも白歯だが、ご亭主とは死に別れたのか。あるいは離別した娘のために、母親の女将が一肌脱いで店を出そうと言い出したのか。いずれにせよ、この母娘は誰の世話にもならず、自分たちで切り盛りしているのだろう。

およしは硬め、おきくは柔らかめと注文した。

この店はお客の好みでご飯を炊いてくれるのだそうだ。橋場町という場所柄、旅支度をしている者が目につく。

食べ終わった客が立ち上がったのを潮に、おしげが会釈して離れていった。おけいも忙しそうに立ち働いている。

撫子飯ができあがるまでの間、およしはおきくと世間話をした。

熱い麦湯で気持ちがほぐれたのか、おきくはよく喋《しゃべ》った。橋場町を訪れたのは初めてだという。妹の住まいは向島の渋江村で、渡し場から舟で川を渡るつもりだったらしい。

「木戸番でお財布が見つかるといいわね」

およしが言うと、おきくは少し間を空けて言った。

「たぶん無理だと思うわ」

「あら、どうして？　この町は親切な人が多いのよ。財布を拾ったら、木戸番へ届けてくれると思うけど」

「本当はね、落としたんじゃないの」

「え？」

「掏《す》られたの」

おきくは声を低めて打ち明けた。

落としたと言ったのは確証がなかったからだが、たぶんそうだろうと言う。

「だって、ほらこれ」

袂から巾着を出して、およしに見せてくれる。

縮緬《ちりめん》の小切れを貼り合わせてある、小振りなものだ。

財布がないと気づいたのは、渡し舟に乗ろうとしたとき。巾着の紐《ひも》が切れ、口が開いていた。中には財布とお腹が空いたときに食べる塩昆布、常備している丸薬が入っていたが、嵩張《かさば》る財布だけが抜き取られていた。

巾着の紐には刃物で切られた跡があったという。

「何それ。ひどいわね」

「ええ。だけど、怪我をさせられなかっただけ良かったと思うわ」

おきくの言う通りだ。運が悪ければ、紐を切るときに手をやられたかもしれない。

「いつやられたか、わかる？」

「大体ね。この町へ入ってすぐ、妙な子どもに会ったのよ。たぶん、そのときだと思うわ」

「子どもですって？」

「十歳くらいの、坊主頭の男の子。利かん坊そうには見えたけど、ごく普通の町人の子だったわよ」

「………」

坊主頭と聞いて、どきりとした。

家にいる岳男と同じだ。しかも十歳くらいと歳も合う。

まさかね。

坊主頭の子どもなど、町を歩けばそこら中にいる。それに岳男は幻庵の下について見習い仕事をしており、好き勝手に出歩くこともできない。

そう考えた傍から、およしは思い出した。

今日、岳男は幻庵の使いで出かけたのだ。どこへ行ったのか聞いていないが、戻るまで一刻《いっとき》（約二時間）近くかかった。

使いに出た途中、出来心で掏摸《すり》を働いたのだとしたら。

こんなことを考えるのは嫌だが、岳男は親に早く死なれ、幻庵のもとへ引き取られるまでは苦労していた子だ。金に困り、やむにやまれず悪いことに手を染めたとしてもおかしくない。

「どうなさったの」

おきくに言われ、およしは慌《あわ》てて顔をつくろった。

「何でもないわ。こんな静かな町で掏摸が出るなんて、ちょっとびっくりして」

「そうした手合いはどこにでもいるわよ。子どもなんて、いたずら半分にやっているでしょうし」

あり得る話だ。子どもなら、掏摸も遊びの延長でやるかもしれない。仲間同士で誰が一番うまくやれるか競《せ》り合うとか、そういう遊びをしているとも考えられる。

「その子ども、どんな格好をしてたの？　ひょっとして紺絣《こんがすり》の着物を着ていなかった？」

「言われてみると、絣だったわ」

自分で訊いておきながら、およしは悔やんだ。

余計なことを訊くんじゃなかった。これでは、なおいっそう心配になるばかり。

岳男は紺絣の着物を着ているのだ。

十歳くらいという歳に坊主頭。それに紺絣の着物と三拍子揃ったとなると、いよいよ怪しい。

「ひょっとして、掏摸にやられたんですか」

斜め向かいに座っているお客が話しかけてきた。

四十絡みの職人風の男だ。法被《はっぴ》を着て、手甲《てっこう》に脚絆《きゃはん》をつけている。

「すみません、盗み聞きしたみたいで。いやね、実はあっしもやられたんで、つい――」

やはりこの男も巾着の紐を切られたのだという。

「あたしと同じ手口だわ」

「じゃあ、きっと同じ奴《やつ》だな」

「ひょっとして坊主頭の子どもでしたか。十歳くらいの」

「それだ。腹を押さえて道端でうずくまってたから、心配して声をかけたんだよ」

「そうそう！　あたしのときもそうでした」

どうやら、おきくと職人風の男は同じ掏摸に財布を盗られたようだ。

お互いに覚えていることを伝え合い、間違いないとうなずき合っている。蚊帳《かや》の外のおよしが麦湯を飲んでいると、目の前に小柄な老人が立った。白髪《しらが》頭を豆絞りで覆《おお》い、腰に前掛けをつけ、丼と味噌汁の椀が載った丸盆を手に持っている。

「ずいぶん盛り上がってなさるが、何の話だい」

「掏摸に遭《あ》ったんです」

職人風の男と目を交わし、おきくが言った。掏摸と聞き、老人は真っ黒に日焼けした顔をしかめた。

「ったく。手癖《てくせ》の悪い野郎がいるもんだ。こんな鄙《ひな》びた町だってえのに」

そう。向島とはそこが違う。

畑や田んぼが広がり、寺社仏閣が多いのは同じだが、橋場町は全体にのんびりとしている。

おしげがやって来て、老人から丸盆を受けとった。

「ごめんなさい、平助さん。わたしがやりますから」

「丼が重いから、落とさないでくだせえよ」

「大丈夫よ。心配してくださってありがとう。——お待ちどおさま、こちらが撫子飯ですよ」

丼を供しながら、おしげが言った。

中を覗いて、およしは笑った。

なるほど、撫子飯とはうまいこと喩《たと》えたものだ。

出汁の染《し》みたご飯の上に、薄く切った桃色の蛸《たこ》が花びらみたいな形で並べてある。黄色い花芯は半分に割った茹で卵。葉の代わりに葱のみじん切りがたっぷり添えられている。

「呆《あき》れなさったかね」

平助と呼ばれた老人が、およしとおきくを見た。

「撫子飯なんて名だから、さぞや風流な料理が出てくると期待なさったんじゃねえかい。出てきたのが蛸飯《たこめし》でがっかりなさらねえといいが」

「そんな。がっかりなんてしませんよ。蛸、大好きなので嬉しいわ。どうやったら、こんなに可愛い色になるのかしら。本当に撫子みたい」

「おっ、嬉しいことを言ってくださる」

平助はこの店の板前なのだという。

今朝、魚河岸で蛸が手頃な値をつけているのを見て、真っ先に仕入れてきたのだそうだ。

「茹でるときに番茶を加えると、こんなふうに鮮やかな色が出るんですよ」

「まあ、そうなの？」

知らなかった。

おきくも蛸は好物らしく、表情をやわらげている。

「どうぞ召し上がってくださいな。炊き立ては格別ですよ」

おしげに勧められるまま食べはじめた。

撫子飯という名前にふさわしく、味も上品で思わず「おいしい！」と声が出た。

出汁醤油の染みたご飯は粒が立っており、細かく刻んだ生姜の味も利いている。

花びらに見立てた薄切りの蛸も、ぷりぷりと歯応えがいい。

「枝豆まで入ってる」

およしがつるんと滑る豆を、箸の先でつまみ上げると、

「おいしいものをいただくと、生き返るわ」

傍らで、おきくがしみじみとした声でつぶやく。

「それ、茶豆なんですよ」

おしげに教えてもらい、およしは目を丸くした。

それも平助が青物市場で仕入れてきたという。めずらしいものが入ってきたと、昔馴染みの知り合いから声が掛かったらしい。

茶豆はもちろん、蛸だって今のおよしの口にはめったに入らない代物《しろもの》だ。

昔、米屋の妾をしていたときには食べさせてもらったが、貧乏医者の幻庵の家で厄介《やっかい》になっている今は、とても手が出ない。

秋茄子《あきなす》の味噌汁も、具が大きくておかずになる。今になって気づいたが、店には本物の撫子が飾ってあった。

偶然雨に降られて入ってみたが当たりだった。自分一人でこんないい思いをして悪いみたい。戻ったら、帰りが遅くなった言い訳のついでに、幻庵にもこの店を教えてやろう。

夢中になって食べていると、戸が開いた。

敷居をまたいで、中年男が入ってくる。

機嫌の良さそうな顔で、およしとおきくが食べるのを見ていた平助が、くるりと背を向けて厨へ戻っていった。

中年男はこの辺りの者だろう。商家の手代風の身なりだ。

若女将のおけいが出てきた。

お客相手だから笑みを浮かべているものの、どこか困っているふうにも見える。

中年男はおけいが案内する前に、さっきお客が出ていって空いた正面の長床几に腰を下ろした。


木戸番小屋まで案内し、そこでおきくと別れた。

財布のことを届け、もし木戸番からお金を借りられなければ寄るようにと、幻庵の家までの地図を渡して足早に戻った。

『しん』にいる間に雨は止《や》み、むっとした暑さが戻っている。

ちょうど患者が切れたところらしく、幻庵は一休みしていた。帰りが遅くなったことを詫び、財布をなくして困っている旅人に出くわした話をした。途中で雨に降られ、通りかかった『しん』で食事し、その後で木戸番小屋へ連れていったと言ったら、「良い心がけだ」と幻庵に褒められた。

それとなく岳男の顔を窺うと、そわそわしている。

ことに、およしが財布を掏摸に盗られたのかもしれないとの件《くだり》に来たときには、あからさまに落ち着かない様子になった。

どうしたものかしら。

もしや悪い予感が当たったのかと、およしは軽い失望を感じた。

二

いつまで不機嫌でいるつもりだ。

彦兵衛は苦虫を嚙みつぶしていた。また使いを頼んだのが気に入らないらしく、あかねが頑《がん》として口を利かない。

何がそんなに嫌なのかね。

ちょっとした使いではないか。『しん』へ行き、秋鮭《あきさけ》の塩引きを焼いてもらってきてほしいだけだ。

それのどこが駄目なのだ。家に泊まらせてやって、三度の飯も食べさせてやっているのだから、少々の使いを頼んだところで罰は当たらないだろうに。

まさかとは思うが、念のため訊ねてみた。

「あの店の者に意地悪を言われたのかね」

心配があるとすれば、気の強い女将のおしげだ。若女将のおけいはおとなしいから、そういう心配はしていない。

あかねはむっつりと黙っている。

押しても引いても駄目、お地蔵さんのごとく硬い顔をして口を閉じているきりだ。仕方ない。諦めるか。——とはいかない。

今の時期の鮭はおいしいのだ。

産卵前の時期だけに、脂気《あぶらけ》が少なくてさっぱりしている。ぱさぱさしてまずい、という輩《やから》もいるが、それはうまい鮭を食べたことのない田舎者の言い草だ。人と同じで、秋鮭には脂気が抜けたからこそ感じられる旨味がある。

せっかくあかねにも秋の味を堪能《たんのう》させてやろうというのに、まだ子どものうちはわからないのか。仕方がない。食べさせて、小生意気なあかねをぐうの音も出ないようにさせてやろう。

次の日。

朝の早いうちに医者へ行くと言い、家を出た。

あかねが嫌だというから、自分で行くしかない。橋場の渡し場を見下ろす土手に立つと、店が見えた。

やれやれ。

どうにか着いたか、と彦兵衛は懐紙で額の汗をぬぐった。

舟で川を渡ればすぐとわかっているのだが、近頃はそれも億劫《おっくう》になっている。夏負けのせいか、どうもいけない。すぐにくたびれて足がもつれる。気は進まないが、そろそろ杖を使ったほうがいいのかもしれない。

昼時まではまだ間がある。この時刻ならば店も空《す》いているだろう。そう思って戸を開けると案《あん》の定《じょう》だった。店にはまだお客は入っていないようだった。

「あら――」

店の前を箒で掃いていたおけいは、土手を下りてくる彦兵衛を見てつぶやいた。めずらしい人があらわれたものだと思っているのだろう。掃除の手を止め、こちらの顔を見ている。

「何だね、鳩が豆鉄砲を食ったような顔をして。まさか、あたしがまた顔を出すとは思ってもみなかったかね」

「いいえ。きっと、またおいでくださると思っておりました。さあ、どうぞ。平助さんもおりますから」

「別にあの人に会いに来たわけじゃないよ」

ぶつぶつ言いながら、彦兵衛はおけいの後について店に入った。

「なんだ、誰もお客がいないじゃないか」

去年の夏以来の無沙汰《ぶさた》で敷居が高く、決まりが悪いのをごまかそうと、店に入るなり、大きな声で言った。

「まだ暖簾を出していないからですよ」

小上がりの畳を乾拭《からぶ》きしていたおしげが、苦笑しながら出てきた。

「お久し振りですこと。お元気でした？」

「ふん。あいにく、まだくたばってはおらん」

「お元気そうで何よりですこと」

「そうでもない。身体のあちこちが傷《いた》んでいて、毎日医者通いだ」

「医者へ通えるのは、足が達者な証《あかし》ですよ。さ、どこでもお好きなところへ座ってくださいな」

「言われなくともそうする」

彦兵衛はわざと渋面《じゅうめん》を作って返すと、正面の長床几に腰を下ろした。

やがて、おけいがお茶を運んできた。

「あらためまして、いらっしゃいませ。お久し振りでございますね。お元気そうで何よりです」

「元気なものかね。この歳だ、あちこち痛くてまいってるよ」

「あら、大変。お医者さまにはかかっていらっしゃいますか」

「一応な。といっても、この辺りには藪《やぶ》医者しかおらん。無駄に金を取られるだけで、ちっとも役に立たん。――何だね」

こちらが不服を唱えているというのに、おけいが頬に笑窪を浮かべている。

「ごめんなさい、つい」

慌てて口許を引き締めても笑窪は消えない。餅《もち》を指で突《つつ》いたみたいに、くっきり刻まれている。

「お変わりないお姿を見たら、嬉しくて」

「あんたのほうが変わらんだろう。顔がつやつやして、前より若返ったんじゃないかね」

この若女将はおとなしいが、地顔が笑顔なのがいい。文句を言おうとしても、釣られてこちらの口許も緩みそうになる。

「ありがとうございます。丸顔だから、そう見えるんですよ」

おけいは恥ずかしげに口をすぼめ、両手で顔を押さえた。背丈の割に小さな手は白くふくふくとして子どものようだ。

「ちと丸みが増したようだな」

「そうなんです。やはり、おわかりになりますか？」

恥ずかしがることはない。丸顔、大いに結構だ。女は少々肥《ふと》っているくらいのほうが可愛げがある。が、この間あかねに言われたことを思い返し、口に出すのは控えた。

下手なことを言って、女好きと思われては敵《かな》わない。こちらにその気はないのに、妾にしたがっているなどと誤解されても困る。彦兵衛は口を閉じ、ことさらぶすりとした顔をこしらえ、案内された長床几に腰を下ろした。

「ちと早いが、秋鮭はあるかね」

女は面倒だ。

このところ、彦兵衛は痛感している。

死んだ女房も面倒な奴だったが、子どもながらあかねも同じ。ちょっと何か言うと、すぐに機嫌を悪くする。女心と秋の空とはまさにその通りで、ころころ変わるものだから口を開くたびに冷や冷やする。

「ま、いらっしゃいませ」

一段と華やかな声を上げ、女将のおしげがやって来た。

「どうも」

「秋鮭を召し上がりにいらしてくださったの」

おけいが言うと、おしげは胸の前でぱちんと両手を合わせた。

「あら、ちょうど入っておりますよ」

おやおや。年甲斐もなく娘じみた仕草をするものだと鼻白《はなじろ》む。

「魚河岸で活《い》きがいいのが手に入ったと、平助が喜んでいましたから、期待してくださいな」

「ふん、そうかね」

「秋鮭だけではないんです。先にもめずらしい茶豆を仕入れてきて」

「ほう」

知っているが、驚いた振りをする。

「おかげさまで、平助は近頃機嫌がよろしいんです」

よけいなことを言うものだ。

別に平助の様子など知りたくもない。平助が相変わらず達者にしていることは、風の噂で知っている。だからこの間も青物市場へ声をかけ、茶豆を仕入れさせてやったのだ。

「呼んでまいりましょうか」

「うん？」

「平助です。今も厨におりますよ。若い弟子もできましてね、毎日張りきっているんです」

「いや、いい」

即答してから、おや、と気になり訊き返す。

「若い弟子？」

「ええ。平助に弟子ができたんです。まだ十六ですけれど、平助について一生懸命やってくれています。ご挨拶させましょうか？」

「結構」

平助の弟子など見たくない。見れば、腹が立つだけだ。

おしげは澄まし顔をしている。

どうせ彦兵衛の考えていることなどお見通しなのだろう。

同年配の平助が今も勝手場に立っている。おまけに若い弟子まで取ったという。それに引き替え、こちらは隠居。暇を持て余し、わざわざ向島から橋場町まで足を延ばし、秋鮭を食べにやって来た。

まったく。相変わらず食えない女だ。

彦兵衛は隠居の身。家に置いてやっているあかねにも歯向かわれ、使いにも出てもらえないというのに、一方の平助は今も板前として店に立ち、おまけに弟子まで取ったというのか。

こういう思いをするのが嫌で、『しん』に来るのは避けていたのだ。

適当な理由をつけて店を出ていくこともできるが、彦兵衛はその場に留まった。

まあ、いい。今さらそんな真似をすれば、いよいよ敷居が高くなるだけだ。

この辺りには他にいい腕の板前などいない。せっかく舟でこちら側まで来たのに、秋鮭を食べずに帰るのは業腹だ。

「呼んでくれ」

「あら、よろしいんですの？」

「何だい、そっちから言い出したことだろうに」

「そうでしたわね」

おしげは厨に向かって「平助さん、健志郎さん」と澄んだ声で呼んだ。

武家でもあるまいに。

健志郎とは振るっている。平助の弟子なら、小平《しょうへい》か小助《しょうすけ》で十分。こんな田舎町の一膳飯屋で板前修業しようなどという輩だ、近所の百姓の倅《せがれ》か何かだろう。洟《はな》垂《た》れ小僧に毛が生えたような手合いに決まっている。

厨から平助が出てきた。後ろに若者をしたがえている。

おや。

彦兵衛は目をしばたたいた。

腰に刀こそ差していないが、袴をつけている。

ひょっとして本当に武家の出か。背丈はあまり高くなく、にきび顔だが、中々に颯爽《さっそう》とした若者だ。これなら健志郎でおかしくない。いや、いかにも健志郎という顔をしている。

彦兵衛がじろじろ見ているのに気づき、平助が軽く会釈をして、若者を前に押し出した。

「去年の夏の終わりに入った新入りの健志郎です。こちらは彦兵衛さん。駿河町の酒問屋のご隠居さんだ。さ、ご挨拶しな」

「はい」

若者は控えめな物腰で、彦兵衛の前に立った。

「小倉健志郎と申します。こちらで板前修業をしております。以後、お見知りおきください」

まだ幼さを残す顔つきながら、語り口はしっかりしている。

「こいつは驚いたな。お武家さまじゃないか。お弟子さんといっても、小倉さまと呼んだほうがいいかね」

「いえ」

健志郎はきっぱりと首を横に振った。

「生まれはそうでも、今は半人前の板前でございます。どうぞ健志郎と呼び捨てになさってください」

見ると、平助は満悦至極《まんえつしごく》といった様子で、胸を反《そ》らしている。武家の出の弟子が自慢なのだ。

武家の出の板前など、これまでお目にかかったことがない。

といっても、おそらく親は無役だろう。あるいは浪人。
いずれにせよ、子息を板前修業に出すくらいだ、武家とは名ばかりに決まってい
る。健志郎とやらも変わり者だ。どうせ板前修業をするなら、もっときちんとした
店を選べばいいものを。
それこそ平助がかつて板前をしていた『桔梗』とか。
あそこは由緒正しい料理屋だから、修業をするにはぴったりだ。どんな縁があっ
て『しん』で奉公しているのか知らないが、こんな小さな店の板前になったところ
で、先は知れているだろうに。
健志郎は折り目正しく一礼すると、「では、失礼いたします」と断り、厨へ戻っ
ていった。
「で、今日は何をお出ししやしょう」
「いい秋鮭が入っているのか？」
「身の締まった塩引きが入っておりやす。そいつを焼きましょうか」
「そうしてくれ。二人前焼いてもらって、一人前は包んでもらおう」
「へい」
平助があっさり聞き流したものだから、彦兵衛は繰り返して言った。

「二人前だよ」

しかし、やはり平助は関心を示さない。独り暮らしの彦兵衛がどうして二人前を所望《しょもう》するのか。

「温め直すときには、軽く網で炙《あぶ》るといいですよ。かりっとして、焼き立ての味が戻りますから」

「そうしよう」

もったいぶって顎を引きつつ、焦《じ》れている。

なぜ訊ねようとしないのか。ええい、勘の鈍い奴め。

「できれば、焼く前に小匙《こさじ》一杯の酒を振りかけると、焼き直しでも生臭くなりませんから、試してみてください」

そんなことはどうでもいい。いや、良くはないが、それより先に言うことがあるだろう。なぜ土産《みやげ》を持って帰るのか。家で誰か待っているのかと、問われれば隠すつもりはないのに。

「酒と言いましても、旦那が普段召し上がっているような、上等なものじゃなくて構いませんぜ。臭いを消すだけですから、安酒で十分」

「ふん。うちには安酒なんぞ、置いていないよ」

腹立ちまぎれに毒づくと、平助が口を閉じた。

しまった。

「失敬。悪く取らないでくれ」

こういう口を利くから嫌われるのだと、自分でも承知しているのに。

「ま、お好きになさってくだせえ」

平助は厨へ戻っていった。

おしげとおけいも暖簾を出したり、店に花を飾ったりと忙しく、彦兵衛は途端に手持ち無沙汰になった。仕方なしに麦湯で口をふさぐ。

こういうとき、酒がないと困る。麦湯はいくら飲んでも酔えず、厠《かわや》に行きたくなるだけだ。

昔から、彦兵衛は話下手《はなしべた》だった。

酒問屋の家の跡取り息子として生まれ、黙っていても奉公人があれこれ世話を焼いてくれるから、いちいち口を利く必要がなかった。

そのせいか、子どもの頃は遊び仲間がいなかった。自分から輪へ入っていこうとせず、なぜ向こうから声をかけてこないのかと、偉そうにふんぞり返っているのだから当然だ。が、子どもの頃はそんなことに思い至らず、なぜ誰も自分に声をかけないのか首を傾げていたものだ。

大人になってからも、その傾向は変わらず、同業からは避けられた。寄り合いの席へ出かけていっても、座持ちが悪いせいか、ぽつんと一人になることも多かった。誰も話しかけてくれないから、行ってもすることがない。話す代わりにひたすら酒を呷《あお》った。そうしていないと間がもたないのだ。

どいつもこいつも、くだらん話をすると呆《あき》れ返っていたものの、どうやら自分が一番つまらない奴だと悟った頃には、すっかり嫌われ者になっていた。

女房のよしのは無口だったから、彦兵衛としては楽だった。

何しろ、喋らなくてもいい。が、そのうち何を考えているのかわからなくなった。黙っているのは隠しごとがあるせいではないか。従順にしている振りをして、彦兵衛を嫌っているのではないか。

しつこく問い詰めるうち夫婦仲が壊れ、よしのは家を出ていき、死んでしまった。このことは死ぬまで尾を引くのだろう。女房が生きているうちに夫婦仲を修復できなかったことで、意固地《いこじ》に拍車が掛かった気がする。

「お待ちどおさまでした」

ぼんやりしている彦兵衛の前に、おけいが秋鮭を運んできた。

網から上げてすぐだからか、皿の上でもじゅうじゅういっている。

「塩焼きにしてありますから、そのままでもおいしいですよ。お好みで大根おろしをつけてもよろしいですし」

こんがり焼けた秋鮭は見るからにうまそうだ。大葉《おおば》の上に水気を切った大根おろしが添えられている。

今すぐにも食べたいと思ったが、いざ目の前に運ばれてきたら気が変わった。

「世話をかけて悪いが、これも包んでくれるか」

どうせなら、あかねと一緒に食べたい。

「はい」

おけいは愛想良くうなずき、運んできた皿を厨へ持っていった。

酒を一振りして、網で炙ればいいんだな。そうすれば焼き立ての味が戻る。

安酒で十分だと平助は言ったが、どうせなら上物を使おう。この頃はあまり飲まなくなったから余っているのだ。取っておいても味が落ちるだけ、もったいないと思っていたからちょうどいい。

果たして、おけいは可愛らしい小風呂敷に包んで持たせてくれた。

「中に、おむすびも入れておきましたので。塩焼きと一緒にどうぞ」

「そいつはありがたいね」

それなら家に帰ってすぐ昼飯にできる。

あかねは居候《いそうろう》させてもらっているお礼にと、毎日早起きして掃除洗濯をしている。一食くらい楽をさせてやりたかった。秋鮭をわざわざ飯屋で焼いてもらって持ち帰るとは贅沢だが、これであかねの不機嫌が直るようなら儲けものだ。

塩焼きなら、食欲がなくても食べられるだろう。

もし余ったら、夕飯に茶漬けにでもしようか。庭に生えている大葉を刻んで載せれば、よりさっぱりする。

木戸番からは何も言ってこない。

やはり、あかねは迷子ではないのか。親に捨てられたのか。もしそうなら身内を捜してやらねばなるまい。いつまでも彦兵衛の家で女中のような真似をさせておくわけにはいかない。

さて、どうするか。木戸番が頼りにならなければ、どこへ相談すればいいのか。人付き合いが狭いと、こういうときに難儀《なんぎ》する。

川の向こうから渡し舟がやってきた。

ちょうど良かった。あれに乗って向島へ帰ろう。

頭ではそう思うのに、足が重くて急げない。片手に小風呂敷を提げているのと、昨日の雨で足下がぬかるんでいるせいだ。

「まったく。気が利かないね」

『しん』の連中ときたら。店の目と鼻の先なのだから、この辺りも草むしりしておけばいいものを。そう、健志郎にやらせればいい。前は女と年寄りだけの店で、人手が足りなかったろうが、今は若い者が入ったのだから。それくらいしても良さそうなものだ。

気に入っている畳裏の草履に泥が撥《は》ねるのも嫌なら、下手に急いで転ぶのも怖く、おっかなびっくり坂を上っているうちに、舟は行ってしまった。

「何だい」

彦兵衛は空を仰いだ。

渡し場へ向かう姿が見えていたろうに、愛想のない船頭だ。もし次に見かけても、乗ってやるものか。

去っていく舟に毒づいても空《むな》しいばかりだ。

こういうときに限って、次の舟は来そうにない。雨上がりの渡し場は照り返しで眩しかった。こんなことなら急がなければ良かった。泡を食って歩いてきた疲れがどっと出て、彦兵衛はその場にへたり込みそうになった。

三

「見て、母さん。きれいな夕焼け」

外から戻って店に入ったおけいは、おしげを外に誘った。

空は茜《あかね》色に染め上がり、たくさんの赤蜻蛉《あかとんぼ》が飛んでいた。風はひんやりとして、一日働いて疲れた体に心地よい。

「本当。明日もきっと晴れるわね」

おしげも白い首を反らし、夕空を見上げている。

秋の始まりのこの季節は風が清々《すがすが》しいから、いつまでもこうして吹かれていたくなる。

店では平助の賑やかな声がしている。明日の仕込みを健志郎と一緒にやりながら、秋鮭について講釈を垂れているようだ。

「元気だこと」

笑みを浮かべつつ店を見て、おしげが独り言のようにつぶやいた。

「平助さん？」

「ええ。外にまで声が聞こえるんだもの」

「しっかり食べているからよ。毎日賄《まかな》いで丼《どんぶり》飯《めし》を平らげているじゃない」

「あの人は胃《い》の腑《ふ》が丈夫なのよ。だから、あんなに元気でいられるんだわ。きっと長生きするわね」

「そうなってくれないと困るわ。うちは平助さんの腕でもっているんだもの。健志郎さんが一人前になるまで、まだ先が長いでしょうし」

昨年弟子入りした健志郎は十六歳。町人と武家で身分は違えど、まるで本物の祖父と孫のように睦《むつ》まじくしている。

「張り合いがあるのがいいのね、きっと。でも、母さんも負けていないわよ」

平助も若いが、おしげも若い。

もう五十五なのに、とてもそうは見えず、暮れかけた空の下にいても肌が冴《さ》え冴《ざ》えとしている。ほとんど化粧もせず、飾り気のない木綿ものを着ても美しいおしげは自慢の母だ。娘としても、いつまでも綺麗《きれい》でいてくれるのが嬉しい。

「ねえ、おけい」

「なあに」

「あなた、仙太郎《せんたろう》さんとはどうなの？」

いきなり問われ、どきりとした。

「どうって――。何の話？」

「決まってるでしょ。佐太郎《さたろう》のことですよ。わだかまりも解けたようだし、一度会わせてもらえるよう頼んでみたらどうかしら。仙太郎さんも、今なら了承してくれるかもしれないわよ」

実を言うと、おけいも同じことを考えていた。

元夫の仙太郎との間にもうけた一粒種の佐太郎とは、離縁して以来会っていない。婚家を出るとき、二度と会わせないと約束させられた。

あれから九年。

五つだった佐太郎が「おっかさん、おっかさん」と泣きながら、裸足《はだし》で追いかけてきた日は遠くなった。今は十四。どんな若者に育ったことか。店で健志郎を見ていると、歳が近いせいか、まぶたの裏に佐太郎の影がちらつく。

たとえ会えなくても、無事でいるならそれでいい。

仙太郎や祖父母に可愛がられ、いい子に育ってくれれば御《おん》の字。

いっそ母の自分のことなど忘れてしまったほうが、辛《つら》い思い出が残らずに済む。

佐太郎のためには、そのほうが幸せだと己に言い聞かせてきたし、実際そうだろうとも思う。

ところがこの夏、近所で起きた大火事をきっかけに、離縁した夫の仙太郎が『しん』を訪ねてきた。おしげと二人、女所帯で暮らすおけいの身を案じ、わざわざ足を運んできた。

体面を気にする仙太郎が重い腰を上げたことに驚きつつ、おけいは白髪が増えた元夫を店に迎えた。

ほんのひと月ばかり前のことなのに、もう遠い昔のことのようだ。

湿った川風のにおいや、窓からこぼれる夏の日射しの中、昔より恰幅《かっぷく》がよくなった仙太郎と穏やかに話ができる日が来るとは思わなかった。おまけに仙太郎は佐太郎の名を口にしたのだ。

その場では何も訊けなかったが、仙太郎が帰った後も佐太郎のことが気になっていた。日頃は強《し》いて胸の奥底に閉じ込めているだけに、ひとたび思い出すと、自分でも手がつけられないほど、息子恋しさが募る。

おけいが知っているのは五つのときまでの佐太郎。九年を経て、いったいどんな若者に成長したのやら。

そんなことばかり考えているせいか、今朝方、夢に佐太郎が出てきた。頑是無《がんぜな》い子どもの姿で駆けてきて、おけいに抱っこをせがんだ。膝につかまり、こちらを見上げる黒目は澄んでいた。抱き上げたときの柔らかな重み、つむじの辺りから漂う日向のにおい、夢とわかっていても幸せを感じて泣きたくなった。

朝、目が覚めたとき枕が湿っていた。

夢を見ながら少し泣いたようだ。隣に床を敷いて寝ているおしげはそれに気づき、仙太郎の話を持ち出したのだろう。

「遠慮があって気が退《ひ》けるなら、わたしから仙太郎さんに頼みましょうか」

「いいのよ。気を使わないで」

「でも、あなたからは頼みにくいでしょう。わたしならいくら嫌われても構わないわよ」

「大丈夫。これでも母親だもの。頼むときは自分でするわ」

「そんなこと言って――。頼まないつもりね」

図星《ずぼし》だった。約束は約束。なし崩しに仙太郎を通じて再会を迫り、佐太郎の心を乱すつもりはない。

しかし、おしげには、おけいがためらう気持ちが今ひとつ呑み込めないようだ。

呆れ顔で言葉を連ねた。

「佐太郎も母親に会いたいはずですよ。あの子もあなたのことを案じていると、仙太郎さんも言っていたじゃないの」

「近所で大きな火事が起きたせいよ。向こうの家でも、さすがに肝を冷やしたんでしょう」

「火事は口実ですよ。仙太郎さんもあの子も、あなたのことを忘れられないのよ。それで火事を言い訳に訪ねてきたんだわ」

もしそうなら、佐太郎も一緒に来るはずだ。

仙太郎が引き上げていった後、のぼせが冷めた頭で思った。あの日のことだけではない。

もし本当に佐太郎がおけいを恋しがっているなら、こっそり家の者の目を盗み、一人で来てもよさそうなものだ。佐太郎も十四。来ようと思えば、日本橋瀬戸物《にほんばしせともの》町《ちょう》から橋場町まで、付き添いがなくても来られるに違いない。

でも、佐太郎は来なかった。『しん』にあらわれたのは仙太郎一人。

それが答えなのだと、おけいは思っている。

佐太郎にも立場がある。あの子は生家の商いと、奉公人の暮らしを背負っているのだ。今さらおけいが母親面して出ていけば、頑張っている佐太郎の足を引っ張ることになる。

あの子にそのつもりがあるなら、いずれここへ会いにくるはず。おけいとしては、その日を待ちたい。いつ訪ねてきてもいいように、しっかり地に足をつけて生き、佐太郎と別れた後の日々を誇れる自分になるつもりだ。

「さ、店に戻って晩ご飯をいただきましょう」

この話はこれでおしまい。そのつもりで暖簾をしまい店に入ろうとしたとき、後ろで足音がした。

「こんばんは」

振り返ると、馴染み客の六助《ろくすけ》だった。

船頭という仕事柄、薄暗がりに溶けこみそうに真っ黒な顔をしている。

「お、遅くにすみません。もっと早く寄る気だったんですが、珍しくお客が途切れなかったもので――」

申し訳なさそうに肩をすぼめ、こちらを見ている。

「どういうこと?」

六助の話を聞くなり、おけいは思わず声を上げた。何か大事な用向きがあるのだとは、顔つきから察していたが、まさかこんな話を聞かされるとは。

用向きは新吉のことだった。

「お、おいらもびっくりしたんです。でも、嘘じゃねえ。ちゃんと近所の人に確かめてきたんで」

「もちろんよ。六助さんを疑ったりしないわ」

おけいは手で胸をさすった。

「それにしても、びっくりしたわ。騙《だま》されたなんて。すぐに呑み込めそうにないわ。ねえ？　おけい」

「ええ」

小上がりで、おけいはおしげと並び、六助と向かい合っていた。平助と健志郎は遠慮して、先に帰った。

静まり返った部屋で、六助はしきりにまばたきしていた。首から提げた手拭いでやたらと顔の汗をぬぐっている。おけいとおしげがどれほど動揺するか、承知しているから気遣ってくれているのだろう。

信じられない。

おけいの頭には、先日の昼間『しん』へ使いに来た女の子が浮かんでいた。茶豆ご飯を注文したあかねだ。

六助はそのあかねが、向島で新吉と暮らしていたと言いに来たのだ。

つまり、渋江村のあの家に新吉はいたのだ。

「どうして、そんな嘘をついたのかしら」

言わずもがなと承知でつぶやく。

考えてもわからなかった。

すると、渋江村の家の衣桁に掛かっていた男物の着物は、やはり新吉のものだったのか。

道理で懐かしい気がしたはずだ。土間に揃えてあった草履もそうだろう。おけいとおしげは新吉の住まいにたどり着いたのだ。あの日、あかねに追い返されなければ再会できたはずだった。

――そのおじちゃんは、もういないよ。

あかねの言葉を鵜呑《うの》みにしたことが悔やまれる。

――引っ越したんだよ。遠くへ行くって。

こちらの問いにすらすら答えるものだから疑おうともしなかった。せめてもう一軒、近所の別の家にも訊ねていたら、すぐに嘘だとわかったのに、おしげと二人、すっかり意気消沈《いきしょうちん》して信じてしまった。

けれど、六助は疑っていたのだという。

そもそも新吉が渋江村に住んでいると、教えてくれたのは六助だった。おけいとおしげは六助の漕ぐ舟で、川を渡してもらった。

「おいら、ずっと申し訳ないと思っていたんです。裏も取らねえで話を持ち込んで、糠喜《ぬかよろこ》びさせちまったから」

六助は膝の上で拳を固め、しょんぼりと項垂《うなだ》れた。

「そ、それだけじゃねえ。おいらも新市《しんいち》さんに会いたかったんです」

弟の新吉は、今では新市と名乗っている。

知り合ったのは川だった。六助の飼い犬の茶太郎《ちゃたろう》が溺れているところを、新吉が助けたのが縁だという。

そもそも六助が船頭の仕事を始めたのは、新吉の真似だ。大事な飼い犬を救ってもらい、おまけに説教もしてくれた。

当時、六助は母親に死なれ、金もなく、茶太郎の餌代にも窮《きゅう》していた。

新吉は犬と一緒にいたいなら、きちんと働けと諭した。犬を手許に置いておくのは人の勝手、ならばちゃんと守ってやれと背中を叩いた。

以降、六助は新吉を兄のように慕い、船頭になった。茶太郎も元気だ。

「いつか会えたら、お礼を言いたいと思ってるんです。今のおいらがあるのは新市さんのおかげなんで」

「嬉しいことを言ってくれるわね。母親冥利《みょうり》に尽きますよ」

「い、いや……。新市さんがおしげさんとおけいさんのお身内だと知って、おいら思ったんです。こういうのも縁じゃねえかって――。だから、どうして会えなかったのかな、って不思議で――船頭仲間がいい加減なことを言うとも思えねえし」

そこで六助はあらためて渋江村へ行き、近所の家を訪ねて回ったところ、新吉が十歳くらいの女の子と暮らしていたことを突き止めた。

それが、あかねということなのだが。

「なんで騙すような真似をしたのか、おいらにはわからねえんです」

「きっと、何か事情があるのよ」

おしげが六助とおけいの顔を交互に見て言った。

「それは、そうでしょうけど――。今は彦兵衛さんのところで奉公しているようだものね。住み込みかしら」

「そうだと思うわよ。茶豆ご飯の注文、二人前だったじゃないの」

「新吉はどうしているのかしら」

「あ、あの渋江村の家には誰も住んでいません。おいらが訪ねたときにはただの納屋になってました」

六助が重い口ぶりで話に入ってくる。

「近頃は川でも姿を見ねえんです。仕事仲間にも訊いたら同じで、やっぱり誰も会ってないそうで。ひょっとすると、船頭も辞めちまったのかもしれません」

ならば、どこへ行ったのだろう。

どうして、あかねが彦兵衛のところで奉公しているのか。

一緒に暮らしていたというが、新吉の娘ということはないだろう。新吉は九年前に江戸十里《り》四方払《ばら》いに処されている。あかねが娘なら、日本橋にいる頃にできたことになるが、新吉にそんな相手はいなかった。

だとしたら、なぜ二人が一つ屋根の下に暮らしていたのか。さっぱり事情が摑めない。

あかね本人に確かめればはっきりするだろうが、素直に口を割るとも思えない。

「ま、いいわ。わからない者同士で考えてもしょうがない。今度、それとなく彦兵衛さんに訊いてみるわよ」

　年長者のおしげが話をまとめた。

「おいらも船頭仲間に当たってみます。誰か行き先を知っている人がいるかもしれねえ」

「ありがとう、六助さん。わたしとおけい、これから晩ご飯なんだけど、良かったら食べていく？」

「い、家で女房が待っているんで――」

「あら、そうよね。無粋《ぶすい》なことを言ってごめんなさい。早く帰らないと、えつよさんが心配するわね」

　六助は向島で所帯を持っている。

　妻のえつよは、おけいやおしげとは古い知り合いで、新吉のことも知っている。

「今日は来てくださってありがとう。ちょっと待ってて。お渡ししたいものがあるの」

「はい」

　おけいは急いで家に走り、用意していたものを取ってきた。

六助が顔を出したら、ぜひ渡したいと思っていたのだ。

「これ……、腹帯《はらおび》ですか？」

「ええ、そう。お守りも一緒に持っていってちょうだい。この間、母さんと一緒に近くの神社でもらってきたのよ」

「……すみません」

両手で腹帯を受けとると、六助は黒光りする顔をくしゃくしゃにした。

新妻のえつよは初めての子をお腹に宿しているのだ。

やはり船頭をしている別の馴染み客が店に来て、六助が来年父親になると教えてくれた。あいつは照れ屋で、自分では言えないだろうからと笑っていた。

「こういうときは『すみません』じゃなくて、『ありがとう』と言うのよ。何も悪いことをしていないんだもの」

「へ、へい。ありがとうございます」

おしげに説かれ、六助は途端に言い直した。

「今日は来てくださってありがとう。彦兵衛さんに話を聞いたら、あなたにも伝えますからね。えつよさんにもよろしく」

「体調が落ち着いたら、二人でまた来ます」

六助は腹帯を大切そうに抱え、何度も頭を下げ、帰っていった。

それにしても妙な話だ。

あかねが新吉のところにいたとは。

嘘をつかれたのは正直面白くないが、たぶん事情があるのだ。彦兵衛のところで奉公しているとわかったのは僥倖《ぎょうこう》だった。それなら、すぐにこちらから訪ねていける。

あるいは彦兵衛のほうから訪ねてくるかもしれない。

茶豆ご飯をあかねに買いにこさせたのに続き、秋鮭を食べに自ら足を運んできたくらいだ。また近々、旬のおいしいものを食べにやってくるのではないか。

そんなふうに思っていたのだが、それどころではなくなった。

平助が倒れたのだ。

第三章　へらず口

一

知らせを聞いた次の日の夕方、おけいがおしげと一緒に訪ねていくと、平助は粥《かゆ》を食べているところだった。

「おっ、お揃いで」

寝間着姿で胡座《あぐら》をかいていた平助は、土間に立ったおけいとおしげを認めると、ぱっと目を見開いた。

「むさ苦しいところにわざわざ来てもらって面目ねえ。しかも、こんな格好を見せちまって」

言いながら箸を置き、薄い胸元を隠すように衿元をかき合わせる。

平助は『しん』から歩いてすぐの長屋に住んでいる。

去年まではやもめ暮らしだったが、弟子の健志郎が生家を出てきて以来、男二人で仲良くやっているのだ。六畳一間で手狭だろうに、一日のほとんどを『しん』で過ごす二人は、さほど不便を感じないらしい。

勤勉な健志郎は家の中の細々《こまごま》としたことも得意で、部屋の中はさっぱり片付いている。布団も干してあり、平助も清潔な寝間着に身を包み、上げ膳据え膳で食事をしていた。

今朝、健志郎が青い顔でやって来て、「昨夜、師匠が倒れたんです」と言ったときには肝を冷やしたが、一晩経って、どうやら容態は落ち着いているようだ。

「健志郎、手間をかけて悪いが、お二人に茶を出してくれるか」

平助の命を受け、健志郎が腰を浮かすと、おしげが手を上げて制した。

「どうぞ、お構いなく。わたしたちは平助さんの顔を見に来ただけだから。すぐにお暇《いとま》いたしますよ。思ったより、お元気そうで安心したわ」

おしげが胸をなで下ろすと、平助はにっと歯を見せた。それから健志郎へ向かい顎をしゃくる。

「なに、こいつが大袈裟《おおげさ》なんだ。大したことはねえ。よけいな心配をかけて面目ねえこった」

「お言葉ですが、師匠。大袈裟ではございません。むしろ一大事ですよ。心《しん》の臓《ぞう》の発作《ほっさ》を起こされたのですから」

従順な健志郎が、いつになく頬を硬くして口答えした。

昨夜、平助は帰宅する途中で胸を押さえて苦しみ出したという。脂汗《あぶらあせ》を垂らし、呻《うめ》きながらその場にうずくまったというから、一緒にいた健志郎はさぞや慌てたに違いない。

「健志郎さんのおっしゃる通り。ちっとも大袈裟じゃないわよ」

おけいが間に入って口を挟むと、おしげも同調した。

「そうですよ。ご自分の歳を考えてくださいな。もう還暦過ぎなんですから」

「何でえ、二人して。おしげさんだってじきに還暦だろ。ひとのことを言えたもんかね。いつ俺の二の舞《まい》になるか、わかったもんじゃねえぜ。――なんて」

おしげは返事をせず、つんとしている。

「怒らねえのかね」

「怒っておりますとも」

「そうかい。まあ、じきってことはねえやな。還暦まであと数年――」

「お黙りなさい」

平助の話を途中で遮《さえぎ》り、おしげは鋭く一喝《いっかつ》した。

「すぐにそうやって茶化すのは良くない癖です。あなたが倒れたと聞いて、健志郎さんやわたしたちがどれほど気を揉んだと思っているの。運が悪ければ、今頃お坊さんを呼んでいたかもしれないのですよ」

「母さん――」

はらはらして、おけいはおしげの袖を引いた。

こめかみに青筋が浮いている。本気で腹を立てているのだ。平助はぽかんとして口を開けている。

「けどよ、もう何ともねえんだぜ」

おけいならすぐに謝っているところだが、平助は違った。往生際《おうじょうぎわ》悪く、なおも言い訳しようとする。

「胸の痛みの波が引いたのです。お医者の薬が効いたのでしょう。病が治ったわけではありません」

「だからよ、病じゃねえって。見ての通り、ピンピンしてらあ」

「病ですとも。何もなくて心の臓の痛みなど起こすものですか。今回は運が良くて命拾いしたんです」

「けどよ……」

「けど何です。まだつべこべ言うおつもり？」

おしげが目を吊り上げた。さすがの平助も剣幕《けんまく》に気圧《けお》されたようで、口を閉じ、亀の子みたいに首を縮めている。

ちょっと気の毒だが仕方ない。

これだけ怒るのも、おしげが平助の体を案じているからだ。健志郎も同じ気持ちのようで、しかつめらしい面持《おもも》ちで後に続いた。

「師匠。女将さんのおっしゃる通りですよ。お歳なんですから、くれぐれも大事になさってください」

「何でえ、二人して怖い顔してよう。おけいさん、おろおろしてねえで助太刀《すけだち》してくれよ」

おしげと健志郎に諭され、平助はふて腐れていた。普段なら肩を持つところだが、今日はそういうわけにいかない。

「二人とも平助さんの体を心配しているんだもの。言うことを聞かないと駄目よ」

「ちぇっ、おけいさんまで」

「当然よ。平助さんに万一のことがあったら大変ですもの。『しん』のためにもしっかり養生してくださいな」

「でも、それだと店を開けられねえだろ」

平助は自分のせいで『しん』が商いできないのを気に病んでいるのだった。

実際、今日は店を休んだ。この分だと明日も無理だろう。あと五日、いや十日は店を開けられないかもしれない。勝手場を任されている平助が責任を感じるのも、もっともだった。

「心配しないで。平助さんが出てくるまで、手伝いの人に来てもらうから」

「へ？　誰のことだね」

「おちかちゃんが助っ人を呼んでくださるの」

『しん』の常連客で、竹町《たけちょう》の渡し場に程近いところにある茶屋『松屋《まつ》』で、まめ菊《ぎく》の名で芸者をしているおちかが、今回のことを知って引退した板前へ声をかけてくれるという。

今朝、小唄《こうた》の稽古帰りに立ち寄ってくれたおちかが、暖簾が出ていないことを気にして、家まで声をかけにきた。

そこで平助の話をしたところ、聡《さと》いおちかは平助の体を案じると共に、店のことも考えてくれたようで、「差し出がましいようですけれど」と、平助が出てくるまでの間、代わりに勝手場を任せられる人がいるならと、知り合いを当たってみてくれることになった。

おちかは店から茶屋へ戻る道すがら、さっそくその知り合いの家に行き、事情を話した。

それが『松屋』を引退した板前で、おちかの頼みならと引き受けてくれることになったのだ。

もっとも、その人も年配で腰を痛めて引退しているから、長い間はつとまらない。せいぜい半月かひと月。それくらいの間なら、平助の代わりに厨へ立ってもいいという。

「ほう、そんな人がいるのかね。それなら安心だ」

「でしょう？　ですから安心して養生してくださいな」

おけいは手を伸ばし、平助から茶碗を受けとった。

刻み葱を散らした粥は米の粒がふっくらとして、出汁のいい香りがする。

「はい、どうぞ。お代わりよ。熱いうちに食べて。健志郎さんが作ってくださったお粥が冷めちゃうわ」

平助は素直に茶碗を手に取った。助っ人が来て店を開けられると聞き、ようやく安心したらしい。ほっとして力の抜けたような顔をして二杯目の粥を啜り、調子を取り戻したように健志郎へ注文をつけた。

「さっきも思ったんだが、ちっと出汁がくどいな」

「そうでしたか。すみません」

「鰹節を煮立たせると、こうなるんだ。いつも言ってるだろ。鰹出汁を取るときは、ぐつぐつ煮立たせちゃ駄目なんだ。ふつふつ小さな泡が浮いてきたところでとろ火にしねえと濁りが出るんだぜ」

健志郎は神妙な面持ちで聞いている。

「以後、気をつけます」

いつも『しん』の厨で繰り広げられる光景だ。叱られているのに、健志郎の頰が心持ち緩んでいる。平助が倒れて今日で二日目、ようやく調子が戻ってきて嬉しいのだ。

「なら、もう一度作ってみろ。俺が味見してやる」

「いえ。そんなにたくさん召し上がっては体に障ります」

「障るもんか。味見くらい、寝ていてもできる」

「しかし――」

健志郎はためらい顔で言葉を濁した。

「俺に遠慮している場合じゃねえ。お前さんも修業して一年経ったんだ。出汁くらい、きちんと取れねえでどうする。粥だけの話じゃねえ。どんな料理も出汁が味を決めるんだぜ」

「心得ております。半人前で申し訳ありません」

「半人前なのは当然だ。お前さん、鶏《にわとり》で言ったら、生まれ立ての雛から、ひよこになったくらいだ。しくじりながら覚えればいい。けど、あんまり呑気《のんき》に構えていてもらっちゃ困るぜ。おちかちゃんが頼んでくれたってえ助っ人に迷惑が掛かるからな」

「はい。師匠の顔に泥を塗らないよう努めます」

「よし」

平助は満足そうにうなずいた。

「まあ、俺の顔なんざ、どうでもいい。泥でも何でも好きに塗ってくれて構わねえ。どうせ地が黒いんだから心配無用だ。それより、せっかく『松屋』さんにいた板前と一緒に厨へ入れるんだ、しっかりやんな」

目尻に深い皺《しわ》を寄せ、平助は健志郎に優しい目を向けた。

おけいはおしげと顔を見合わせた。

もう大丈夫ね。おけいが目顔で言うと、おしげもうなずいた。こめかみの青筋も引っ込み、いつもの顔に戻っている。

「じゃあ、そろそろ。わたしたちは帰りましょうか」

おしげが腰を上げると、平助が箸と茶碗を脇へ置いた。

「ありがとうよ、二人とも」

いつになくあらたまった声音《こわね》で言い、白髪頭を下げる。

「また明日も来ます。平助さん、お大事にね」

「健志郎さんも無理なさらないで。わたしもお手伝いしますから」

おけいがおしげの後に続けると、健志郎は顎を引いた。

「はい、ありがとうございます」

帰り際、部屋の隅に畳んである汚れ物を引き取った。それに気づいた健志郎が慌てた顔をしたが、家から用意してきた風呂敷に包んだ。恐縮顔の健志郎に見送られ、おしげと一緒に平助の家を辞した。

「思ったより元気そうだったわね」

おけいが言うと、おしげが肩で息をついた。

「まだ安心できませんよ。心の臓の病は怖いもの。回復してくだされぱいいけど、もし無理ならお店を閉めることも考えないといけないわね」

「え？」

いきなりそんなことを言われ驚いたが、おしげは本気のようだ。平然とした顔をしている。

その晩、おけいは夜更けまで寝付けなかった。

幾度も寝返りを打ち、やっと眠気が差したと思った頃には雀《すずめ》の声で起こされた。雨戸を開けると、嫌になるほど日射しが眩しい。おしげを起こさないよう布団を抜け出し、おけいは渡し場まで行ってみた。

川はいつものように流れている。

夜明け間もないこの時刻は、風もほんのり夜の涼しさを残している。橋場町へ越してきて以来、九年もの間ずっと眺めてきた景色が目の前にあった。川はいつでも流れ、水は留まることなく去っていく。

そういうことなのだと、おけいは思った。

ふと目を落とすと、足下に露草《つゆくさ》が咲いていた。

指の先ほどの青い花弁を見ると、子どもの頃を思い出す。

毎年この時期になると、露草を摘んで半紙に色を移して遊んだ。うまく花の形を取れたら、小筆で茎と葉を描き足す。

うまくいったものを宝箱へしまっておいても、いつの間にか確かに移したはずの露草の青は薄れ、忘れた頃に蓋を開けると、半紙は茎と葉だけになっている。花の色は残しておけない。

川を後にして店に戻ると、おしげが裏庭でうずくまっていた。どきりとして駆け寄ると、おもむろに振り向く。おしげは笊を片手に茗荷を摘んでいた。

「散歩にでも行ってきたの？」

起き抜けの顔に朝日が当たり、一瞬おしげの顔が老けて見えた。胸を衝《つ》かれ、慌てて目を背ける。

変わらないものなど、何もないのだ。普段は忘れていても、ある日突然思い知らされる。これまで生きてきた中で幾度かそういう目に遭ったはずなのに、つい油断してしまう。

呑気に構えていちゃ駄目なんだわ。

平助が健志郎を諭した言葉を思い返し、おけいも腰を屈《かが》めた。

おしげの隣に並んで茗荷を摘む。

「いいわよ。たくさん採っても食べてしまうもの」

「そう？」

横目でおしげの顔を盗み見ると、いつも通り美しかった。老けて見えたのは光の加減らしい。

良かった。

気休めとわかっていながら、おけいは胸の不安に蓋をした。

むっと草の匂いがしている。今日も暑くなりそうだ。

二

藪医者め。

彦兵衛は布団に横たわったまま呻いた。

たかだか軽い目眩《めまい》を起こしただけなのに、幻庵の奴め、妙な脅しをかけてくるものだ。

「少しお痩せになりましたな」

そんなことは自分でもわかっている。

何しろこの暑さだ、誰だって食欲が落ちるに決まっている。わざわざ家まで来て、言うのはそれだけか。

「もう少し涼しくなれば食欲も戻るさ。ともかく目眩を治す薬をおくれ」

「そうたやすい話ではありません」

「なら、どうすればいいんだい」

「それを今、考えておるのです」

ふう、と彦兵衛は息を吐いた。

「呆れるね。それでも医者かい。そんな頼りないことを言われたら治るものも治らんよ。まあいいさ、養生すれば良くなるんだろう」

部屋の外で聞き耳を立てている者の耳にも届くよう、少々無理をして声を張った。

閉ざした障子には、あかねの影が映っていた。

昨日、渡し場で日射しにやられてへたり込んだ後、やっとあらわれた船頭に川を渡してもらったついでに、家まで背負ってもらったら、あかねは泡を食ったような顔で出迎えた。

大したことはない。急いで土手を上ったりしたから息が切れ、くらりとしただけだと言っても、早く休むよう騒いだ。

挙げ句、親切な船頭に頼んで、幻庵の家へ走ってもらった。

あいにく他に待たせている患者がいるという話で、今日は往診できそうにないと返事を持ってきた船頭を叱りつけ、ふたたび幻庵のところへ走らせ、ならば翌朝にどうにか来てくれるよう約束を取りつけさせた。

その間、あかねは布団を敷いたり、湯を沸かしたりと大わらわだった。もう平気だといくら突っぱねても聞かず、彦兵衛が横になるまでしつこいこと、しつこいこと。やむなく根負けして陽《ひ》のあるうちから寝かされた。

それでなくとも宵《よい》っ張りの彦兵衛のこと、夜明けどころか夜中にはもう目が覚め、朝になるのを今か今かと待っていた。

自分の体のことは、自分が一番よくわかっている。

ただの暑気あたりだ。涼しいところで休めば、すぐに治る。その証に今朝はそう悪くない。気分爽快とはいかないまでも、嫌な汗は引いている。

だから、笑い話にするつもりでいた。朝から駆けつけて大儀《たいぎ》だったが、あいにくもう治ったようだよと、憎まれ口を叩くはずだった。

「養生すれば、良くなるんだろ？」

繰り返し問うても、幻庵は押し黙っている。

さっさと返事をせい。

朝から神妙な顔などされては気が萎《な》える。医者がそんなふうでは、こちらはいたずらに不安を煽《あお》られるばかりだ。

「しつこいな。いつまで触ってるんだい」

さっきから幻庵が手で腹を探っている。

「膝を立ててください」

「どうしてだい」

口では抗《あらが》ってみたものの、素直に言うことを聞く。幻庵は太い指で彦兵衛の腹をぽんぽんと叩き、その音に耳を澄ませている。

「狸《たぬき》じゃないよ」

彦兵衛の軽口を受け流し、今度は手のひらで臍《へそ》の下を押す。

「痛みますか」

「いいや」

かぶりを振って、口を尖らせる。さっきから触られているのは臍の辺りだ。胃の腑ではない。つまり見当《けんとう》違いだ。

「では、ここはどうです」

痛くないよと答えようとしたが、呻き声が出た。まるで臓腑《ぞうふ》を手のひらで摑まれたみたいに、どっと脂汗が出る。幻庵はじろりと厳しい目をして、手を離した。痛みが遠のき、体が楽になる。

「心の臓の音も確かめておきましょう」

幻庵は彦兵衛の寝間着の衿元をくつろげた。

「弱っているのは胃の腑だろうに」

深呼吸して気を取り直し、彦兵衛を睨んだ。

さっきと言っていることが違う。

「いい加減だな。胃の腑を触ったり、腸《ひやくひろ》を触ったり、どっちなんだい」

これだから藪医者は。

彦兵衛が毒づいても、幻庵は答えない。しかつめらしい顔をして、眉間《みけん》にわざとらしく皺まで寄せている。

「食欲はありますか」

「あるさ」

嘘だった。

近頃はあまり食べられない。腹は減るのだが、思うように飯が喉を通らず難儀している。料理をするあかねの手前、少々無理をして詰め込んでいるのが実情だ。

「便通はいかがです。軟らかいとか硬いとか、お気づきのことはありますか」

「もういい」

「大事なことですよ」

「朝っぱらから、下《しも》の話などしたくない。これから朝飯だってのに、喉を通らなくなる」

下手な芝居に付き合うのは真っ平だ。

どうせ金と暇のある年寄りだと、よけいな薬を飲ませて金を稼ごうというのだろう。年中ぴいぴいしている貧乏医者のやりそうなことだ。

腹の痛みが引くと、気持ちも落ち着いた。くつろげられた衿を手でかき合わせ、布団に肘《ひじ》をついて上体を起こす。

「横になっていたらどうです。起きると、また目眩を起こしますよ」

「いや結構。もうすっかりよくなった」

「しかし――」

「しつこいね、あんたも。もうよくなったと言ったろうに」

まだ何か言いたげにしている幻庵を追い返し、玄関の戸をぴしゃりと閉めた。塩でも撒《ま》きたいところだが、さすがにそれは堪《こら》えた。

藪医者め。

彦兵衛は寝間着から小千谷縮《おぢやちぢみ》に着替えた。

寝過ぎたせいか、起き上がったときに頭がくらりとする。目の前が暗み、危うく倒れそうになったのを、足を踏ん張って堪えた。

「爺ちゃん！」

あかねが駆け込んできて、背中を支えた。

「何だね、そんなに大きな声を出して」

「だって――」

「騒ぐようなことじゃないよ。腹が空いて目が回っただけさ。誰かさんのせいで、昨夜は明るいうちに床へつかされたもんでね」

からからと笑ってみせたが、あかねは返事をしなかった。口を一文字に引き結び、不安そうに瞳を揺らしている。

「さあさあ、飯にしておくれ。あたしは腹ぺこなんだ。昨夜の夕飯の分まで、しっかり食べないとな」

「今、お粥を炊いてるわ」

「粥？」

彦兵衛は鼻の頭に皺を寄せた。

「なんだ、そんなものじゃ腹がふくれないよ。白飯にしてくれ」

「病気のときはお粥でしょ」

「あたしは病気じゃないよ。粥では物足りん」

「でも——」

「白飯と言ったら、白飯だよ。いちいち口答えするんじゃない」

彦兵衛は癇《かん》を立て、高い声を出した。あかねが身をすくめたのを見て、しまったと後悔したものの、今さら引っ込みもつかない。

「ともかく、早く飯にしておくれ。あんまり苛立《いらだ》たせると、お前もさっきの藪医者のように叩き出しちまうよ」

はっとして口を閉じたが遅かった。あかねは黙って目を伏せた。

こんなことを言うつもりはなかった。本心とは違う意地悪が、勝手に口からこぼれ出たのだ。

胸のうちでは、申し訳ないと思っている。

しかし長年の癖で素直になれない。今の台詞は冗談だよ、と言おうかどうしようかと迷っているうちに、あかねはしょんぼりと肩を落とし、台所へ行ってしまった。

頭の中がもやもやする。罪悪感と腹立たしさがせめぎ合い、結局いつものように腹立たしさが勝った。

どいつも、こいつも。

すぐに傷ついて、あたしを悪者にする。

死んだ女房のよしのもそうだった。あいつも彦兵衛の軽口を嫌っていた。

なぜ、いちいち言葉を額面通りに受けとる。適当に右から左へ受け流しておけばいいのに深刻ぶって、まるで虐《しいた》げられたような様子を見せるのが鼻につく。

しかし、まあ。

冷静に考えれば悪いのは自分のほうだとは、彦兵衛も承知している。八つ当たりしたのだ。幻庵に脅《う》され、ついあかねに当たってしまった。

幻庵は治るとは請け合《あ》わなかった。いつになく深刻な面持ちで腹を探り、心の臓の音まで気にしていた。

まるで重病人みたいではないか。それも不治の病の。

その証かどうか、幻庵は薬を置いていかなかった。代わりに、また近いうちに来てください、もしお辛いようならこちらから参りますと言って帰った。

昨日まで、病の心配などしていなかった。

せいぜい足腰が痛むくらいで、体の中はピンシャンしている。

幻庵のところへ通っているのも半分は散歩、いや暇つぶしのようなもので、他に行くところがないから、藪医者だの何だのと悪態をつきながら、幻庵のもとへ世間話をしに通っていたのだ。

ふっと悪い予感に搦《から》め捕られそうな気がして、彦兵衛はかぶりを振った。

止せ、止せ。まだ決まったわけではない。

医者は悪いほうに物を考えるのが常。臍の下を指で押さえられたときは痛みで往生したが、今は何ともない。あんなことをされては誰だって痛い思いをするに決まっているし、もし不治の病ならとっくに寝付いているはずだ。

部屋に戻り、敷きっぱなしの布団を見下ろした。

いつもはあかねに上げてもらっているのだが、今日は自分でやってみた。

なに、億劫《おっくう》だから人にやらせているだけで、やろうと思えばやれるのだ。楽をしているから体が鈍《なま》り、ちょっとしたことで目を回して医者を呼ぶ騒ぎになるのだと、そう笑い飛ばすはずだったが。

「……駄目か」

布団は部屋の隅に丸まっている。結局、自力では押し入れに上げられなかった。悪戦苦闘した疲れで立っているのもしんどく、彦兵衛はよっこらしょ、と畳に尻をついた。

着替えたばかりというのに、体が汗まみれだ。気持ち悪いから脱ごうと思うのに、腰を上げる元気もない。

「あたしも歳だね」

たかが布団を上げようとしたくらいで、この体《てい》たらくとは。

『しん』の平助の顔が浮かんだ。

あちらは彦兵衛より年嵩だというのに、いまだ板前として立派に働いている。重い鍋を扱っているのだ、布団を上げることなど朝飯前だろう。片や自分はどうだ。隠居暮らしが祟《たた》り、すっかり爺さんになってしまった。

はあ、とため息をつく。

幻庵の言う通り、しばらく横になっていたほうがよさそうだ。

それから、あかね。粥を炊いてくれたのは正解だ。とても白飯は入りそうにない。

今からでも粥がいいと言いにいこうかと考えていたところへ、小さな足音が廊下を歩んできた。

「入っても平気？」

遠慮がちな声に、胸がちくりとした。さっき怒鳴りつけたせいで怯えているのだ。

「ああ。お入り」

つとめて優しく返したつもりだが、あかねはおずおずと入ってきた。土鍋と茶碗をのせた盆を抱えている。

「ごめんなさい、やっぱりお粥にしちゃった」

言いつけに背き、白飯を炊かなかったことを責められるのが怖いのか、あかねは卑屈《ひくつ》に肩を丸めている。

「謝ることはないよ。あたしも粥が食べたかったたんだ」

「そう？」

「ああ。そのつもりで白飯は炊かなくていいと、言いにいこうと思ってたんだよ。お前さんはまだ子どもなのに気が利くね。よそってくれるかい。ふん、ここじゃなくて、いつもの茶の間で食べるよ」

「はい」

茶の間で、二人並んで粥を啜った。

柔らかく炊いて、塩で淡く味をつけてある。質素だが、米がいいから食べられる。付け合わせの梅干しは、日本橋から息子の嫁に届けさせたもので、熱々の粥によく合う。しかし――。

彦兵衛にはともかく、あかねの口には物足りないはずだと考えていたら、はたと思い出した。

「秋鮭があったろう」

昨日『しん』で焼かせたものだ。船頭に背負われながらも、しっかと包みを摑んでいたことは覚えている。あれをおかずに出せばいい。

あかねは顔にためらいの色を浮かべた。

「脂が強いから、出すのは止しておいたの。食べられる?」

「もちろんだとも。お前さんも食べなさい。この時期の鮭はうまいんだ。そうだ、せっかくだからきちんと炙ったほうがいいな。――ああ、いいよ。あたしがやろう」

箸を置いて腰を浮かせたあかねを押しとどめ、彦兵衛は自ら台所へ行った。

平助に教わった通りに酒を振りかけ、庭に網を出して二人分の鮭を炙る。

えるかのように。

煙に誘われ、あかねも庭へ下りてきた。彦兵衛の傍らにしゃがみ、両手で膝を抱える。

「香ばしいにおい」

「そうだろう。魚の焼けるにおいは格別だからな」

「こんなに分厚い鮭を食べるのは初めて」

「そこらの煮売屋《にうりや》で売ってるのは、向こう側が透けそうな薄っぺらいものばかりだからな」

「うちでは、それでもめったに鮭なんて買えなかった。高いもの。うちはおっ母さんと二人きりで、お金がなかったから」

あかねの口から親の話が出るのは初めてだった。

夏の名残を思わせる陽が差し、庭は明るかった。風はからりと乾いて心地よい。昼間になれば蒸し暑くなるだろうが、朝のうちは火を使っても汗が出ないほどには涼しくなった。

「お父《とっ》つぁんはどうした。死んだのかね」

「別れたの。嫌な男でね、何かと言うと、おっ母さんをぶつの」

「そうか。別れて正解だな」

ひどい話だ。苦い薬を飲まされたみたいに胸が悪くなる。

「手を上げる男だけはどうしようもない。そうか。それでお前さんはおっ母さんと二人だったのか。大変だったな」

「うん」

細い首をこっくりさせて、あかねがうなずく。その拍子に細いうなじがあらわになった。衿が垢《あか》じみている。

この家に来て以来、ずっと着たきりだからだ。袖も丈も短く、手首もくるぶしも丸見えになっている。今は良くても、じきにそれでは寒くなるだろう。

「おっ母さんはどうした」

「死んじゃったわ」

淡々とした声で言い、あかねは網の上の秋鮭を箸でひょいとつまんだ。

「もういいみたい」

暗い話はこれでおしまい、とばかりに、あかねは立ち上がった。くるりと踵《きびす》を返して小走りに部屋へ戻る。彦兵衛が火の始末をしていると、あかねは皿を手に戻ってきた。

彦兵衛は、網の上の秋鮭を皿へ載せる不器用な手つきを眺めた。

前から気づいていたのだが、あかねは箸使いがうまくない。母親は娘を食べさせるのに必死で、躾《しつけ》までは手が回らなかったのだろう。畳の縁《へり》を平気で踏むのも目につくが注意できずにいる。どう諭してやればいいのかわからないのだ。

息子にしたように厳しく当たれば、嫌われるに決まっている。

自分が意地悪だとは自覚していた。こちらは躾のつもりでも、きっとあかねを傷つける。それが怖かった。よしのみたいに、あかねも黙ってこの家を出ていくかもしれないと思うと、つい見ない振りをしてしまう。

茶の間に箱膳を並べ、秋鮭とお粥でご飯にした。

じゅうじゅうといい音がして、脂の焼けるにおいが鼻先をくすぐるが、やはり腹は空かない。

「おいしい」

あかねが目を輝かせて食べているのを見ると、つい頬が緩みそうになる。

「そうかね。どんどん食べなさい」

しかし、たった一人の肉親である母親に死なれたとはね。道理で、木戸番小屋に迷子の届けが出されていないはずだ。

ここに辿《たど》りつくまで、いったいどんな思いをしていたのか。

母親とは渋江村に暮らしていたのだそうだ。百姓から離れを借りていたという話だが、母親の死後どうしていたのだろう。

「どうしたの、爺ちゃん」

彦兵衛が黙り込んだのを気にしてか、あかねが訊ねた。

「いや、何でもないよ」

「お粥、まずかった？」

「うまいとも。お前さんの作ってくれるご飯は何でもうまい」

「ありがとう。──でも、あんまり進んでないみたい。無理しないでね。何だったら、炊き直すから」

「そんなことはしなくていいさ。ちゃんと食べるから心配しなさんな。それより、ちょっと訊いてもいいかね。もちろん嫌だったら答えなくてもいいが──」

「おっ母さんが死んだ後のこと？」

あかねは先回りして言った。

「大丈夫。一人じゃなかったから。知り合いのおじさんが拾ってくれたの」

「知り合い？」

「渋江村の家はね、そのおじさんが借りてたの。あたしとおっ母さんは居候《いそうろう》。お父つぁんから逃げてきたところを助けてくれて、ただで住まわせてもらってたの。自分は船頭で家を空けていることが多いから、って」

それはまた、ずいぶん親切な者がいたものだ。

聞けば、あかねの母親は逃げるようにして、夫のもとを離れたのだという。去り状はもらえなかった。ともかく別れたいからと着の身着のまま、ろくにお金も持たずに出てきた。

暗い道を母親と手をつなぎ、必死の形相《ぎょうそう》で駆けていくあかねの姿が目に浮かんだ。そこへ亡き妻よしの面影が重なる。手は上げなかったが、彦兵衛も嫌な夫だった。あかねとその母親が逃げた先で、親切な男に助けられて何よりだ。

「その船頭さんはどうしたんだね」

親類でもないのに手を差し伸べたような男だ。母親が死んだからと、あかねを放り出すとは思えない。むしろそういう者なら、養《やしな》い子《ご》にでもしてくれそうなものだ。

「もういないわ」

「どういうことだい」

訊ねると、あかねは虫歯の痛みを堪《こら》えるみたいな顔になった。

「嘘をついて家から遠ざけたの。別れたお父つぁんに見つかった、どうしようって泣きついて」

言いながら、あかねはパチンと音を立てて箸を置いた。

「あたしがいけないんだわ」

鼻を赤くして、あかねはべそを掻《か》いた。両手を目の下に当てて、しゃくり上げている。

「おいおい――」

彦兵衛は慌ててあかねをなだめた。

いきなり降って湧いた話についていけず、おろおろするばかりだった。あかねはえんえん声を上げて泣いている。

その晩、彦兵衛は中々寝付かれなかった。

どうしたものかね。

隣の布団のあかねを盗み見る。今日は一日元気がなかったが、今はわずかに口を開け、平和な顔で寝ている。

そのうち親があらわれると思っていたから、家に置いていたのだ。迷子ではなく家出娘だったとしても、いずれ迎えがきて帰っていくものだと高《たか》を括っていた。

頼れる身内がいないとなると、話は変わってくる。

知り合ったのも何かの縁、あかねの向後《こうご》を世話してやるのは自分のつとめだと、彦兵衛は考えた。

こんな歳の子どもが一人きりで生きていけるわけがない。さりとて粗暴な父親のもとへ帰すわけにもいかない。ほかに身内がいればいいが、いなければ養い親を見つけてやりたい。

とはいえ、思い当たる節はなかった。

住み込み奉公の口ならいくつか心当たりはある。

あかねは利発な子だから、どこでも喜ばれるだろうが、気が進まない。この子にそんな苦労はさせたくないのだ。できれば奉公ではなく、養い親になってくれる口を見つけてやりたい。

養い親を頼めるのは息子夫婦だけだが、渋い顔をされるのは頼む前からわかっている。そんなところへ託すのは真っ平だから、別口に当たるほかない。

さて、どこにいるだろう。親切で、できれば金にゆとりがあって、あかねを一人前に育ててくれる養い親は。

三

新市は早起きだ。

いつも家で一番に起き、雨戸を開ける。元々船頭をしていたこともあり、晴れの日はことさら早く目が覚めるのだそうだ。

「おはよう」

およしは縁側から、庭にいる新市へ声をかけた。

「あら、めずらしいわね。岳男も起きてるの」

子どものくせに岳男は寝坊助《ねぼすけ》で、ともすると朝食ができるまで寝ていたりする。まだ小さいからと、幻庵が甘やかすからだ。

その岳男が、どういう風の吹き回しか起きている。

「蟷螂《かまきり》を捕まえるんだ」

「へえ?」

「そこの木の上にいるんですよ、大きいのが」

この間掃除したばかりの雨樋を指差し、新市が教えてくれた。

いた。手足の長い蟷螂が雨樋にしがみついている。

今朝、岳男が草むらにいるのを見つけたのだそうだ。そのときは葉っぱに止まった虫を食べていたらしい。風もないのに葉が揺れているのが不思議で、顔を近づけたら蟷螂だった。

手のひらからはみ出すくらいに大きく、岳男が後ろから忍び寄ると、おもむろに振り向いて鎌を振り上げたという。

びっくりした岳男は尻餅をつき、袂《たもと》からお八つの干し芋《いも》がぽろりと落ちた。蟷螂はその欠片《かけら》を取った。あっと思ったときには、すばやい動きで鎌を繰り出し、さらったのだそうだ。

その蟷螂が今度は雨樋にいる。

「よしておきなさいよ。嚙まれるわよ」

「うるさいな」

岳男は下唇を突き出した。

「まあ、何て言い草なの。謝りなさい」

「嫌だね」

ぷいと横を向き、吐き捨てる。

生意気な。

これにはおよしも腹が立った。いくらこちらが下働きの身とはいえ、この態度はない。年長者へ対する口の利き方を教えてやらなきゃといきり立った。

「あんたねえ――」

「しっ」

岳男はひとさし指を口に当て、およしをじろりと睨んだ。いっぱしに眉を吊り上げている。

これはいよいよ我慢ならない。

怒鳴りつけてやろうと息を吸ったら、新市にそっと肘《ひじ》をつつかれた。

「すみません」

岳男は背伸びして、雨樋へ手を伸ばしていた。蟷螂を押さえつけようというのだろう。

じっと固唾《かたず》を呑んで見守るつもりが、うっかり咳《せ》き込んでしまった。

途端に蟷螂が雨樋から飛び降りた。両手両脚を広げ、ピョン、と勢いをつけて、顔の前に迫ってくる。およしは金切《かなき》り声を上げた。腕にぶつぶつと鳥肌が立つ。

「ちぇっ!」

岳男が音高く舌打ちした。

「あと少しで捕まえられるところだったのに」

「馬鹿言わないで。まるで届きそうになかったわよ」

およしが鼻で笑うと、岳男は地面に転がっていた石を蹴った。家の壁に当たり、撥《は》ね返る。

「よしなさいったら」

岳男は叱られると思ったか、ふいと庭を出ていった。追いかけようとしたおよしを新市が止める。

「わたしが行きます」

「いいえ、あたしが」

「男のわたしのほうが足は速いですから」

言い合っているところへ、庭の外から声が掛かった。

「もし、こちらは幻庵先生のお宅ですか」

「そうですよ」

およしが答えて出ていくと、果たしておきくだった。手に持った地図と家を見比べている。

「あら！」

「昨日はお世話になりまして」

おきくは丁寧に礼を述べ、頭を下げた。


結局、今も財布は出てきていないという。

木戸番小屋にも届け出られていなかったそうだ。すると、やはり掏《す》られたのだろう。この辺りはのんびりしているから、財布を落としても大抵は出てくる。そこがこの町のいいところだ。

「さあ、どうぞ。粗茶ですけれど」

およしは縁側に番茶を運び、おきくと二人で並んで腰を下ろした。

幻庵は早くから患者の家へ往診に出かけている。前から診ている商家の隠居の家から使いがきて、あたふたと出ていった。

その間、客間を使わせてもらっても良さそうなものだが、そこは使用人としてのけじめ、およしは遠慮して縁側でおきくをもてなすことにした。新市は岳男を追って外へ出ていったから、家には二人きりだ。

「おかげさまで助かりました」

「そんな。お財布が出てこなかったんじゃあ、木戸番小屋へ行った意味がなかったわね」

「そうでもありませんわ。木戸番小屋でいろいろ話を伺うことができました。妹の名を告げたら、番太郎《ばんたろう》さんがご存じでした。といっても、面識があるわけではなく、話に聞いただけとのことでしたが」

「木戸番小屋なら、町の人をよく知っているでしょうからね」

「ええ。でも、妹は長く向島に住んでいたわけではないのです。ほんの一年足らず。村のお百姓さんから古屋を借りている人の家に、居候させてもらっていたんですって」

「すると、妹さんも畑仕事をしていなさったのかしら」

「そうみたいです。大家のお百姓さんの畑を手伝って、細々と食べていたと聞きました」

おきくはうつむきながら、妹の身の上を語った。

「亭主とは別れたんだと思います。きっとそうなる気がしたんですよ。口が上手《うま》いから妹は夢中になっていましたけど、親も姉のあたしもどうも好きになれなくて。妹は反対を押し切って、駆け落ちみたいにして嫁いでいきました」

「お身内の心配が当たったのね」

「ええ、残念ながら」

そういう男はいる。

愛想はいいのに、どことなく油断がならないような。

いくら体裁をとりつくろっても、ちょっとした目つきや仕草から、卑《いや》しさや品の悪さがにじみ出る、そういう手合いはどこにでもいる。

たぶん、米屋の身内からは、およしも同じように思われていたはずだ。

妾だった頃の自分は嫌な女だった。他人のことなどお構いなしで、早く米屋が女房を捨て、自分だけの男になってくれればいいのにと、そんなことを願っていたのだから。

「でもね、妹は向島で新しい人ができたんですって」

「まあ」

「しばらく三人で暮らしていたみたいです」

「居候していた古屋で？　一緒に畑仕事をしていたのかしらね」

この家の近くにも畑は多い。ひょっとすると、およしもどこかでおきくの妹を見たことがあったのかもしれない。

「ずっとそうしていられれば良かったんですけどね。どうも邪魔が入ったみたい」

「別れた亭主ね？」

「ええ。捜しにきたようです」

その後、どうなったのか。妹からの手紙には詳しい事情は書かれていなかった。

体の具合を悪くしたから助けてほしいとだけ、あった。実家の親は、勝手に家を出て所帯を持った妹に怒っており、返事をしなかった。

たまたま握りつぶされた手紙を見つけるまで、おきくは妹の窮状《きゅうじょう》を知らなかった。親は放っておけと言ったが、どうしても心配で、今回様子を見にきたのだという。

「あたし、昨日のうちに妹の住まいにも行ってみたんです。木戸番小屋の人に案内してもらって」

「まあ、そうだったの」

「家は空っぽでした。もう誰も住んでいなかった。大家のお百姓さんを訪ねたら、妹はこの夏に死んだんですって」

「えっ――」

およしは思わず声を上げた。

おきくは沈痛な面持ちで続ける。

「一人で娘を育てて苦労したんでしょう。ころりと逝ってしまったみたいです」

「姪御《めいご》さんはどうなすったの」

「しばらく、妹の新しい人と一緒に暮らしていたようですけど。引っ越していったみたいです」

「どこへ行ったのかしら」

つぶやいてすぐ、およしは己の失言を悔やんだ。

わかるはずがない。だから、おきくは途方に暮れた顔をしているのだ。

「ごめんなさい。あたし、考えなしに喋っちゃって」

「いいんです。あたしも同じことを思いましたよ。どこへ行ったのかしら、って。ともかく実家へ戻って、親と相談します。ひょっとしたら、妹の新しい人が世話をしているのかもしれない」

「そうだったら安心ね」

「ええ。それでね、今日こちらへ伺ったのは、木戸番小屋の人から幻庵先生の評判を聞いたからなの。良いお医者さんなんですって？」

この辺りで医者と言えば幻庵だけ。ならば、妹や姪が掛かったことがあるかもしれない。おきくはその線から姪の行方を捜したいのだそうだ。

しかし、幻庵はあいにく急患で往診に出かけている。いつ戻るかは容態次第だ。

そう伝えると、おきくは顔を曇らせた。

日のあるうちに実家へ戻るには、すぐにここを発たねばならない。また日をあらためて、幻庵に会いにくると、おきくは言った。

「先生にはあたしから伝えておくわ」

「ありがとう。――そうそう、それから別の話もあるのよ」

おきくは口調をあらため、体ごとおよしのほうを向いた。

さっきまでの思案顔が一転、目に明るい色を湛《たた》えている。

「もし勘違いだったら、ごめんなさいね。およしさん、ご自分の息子さんが掏摸をしたのではないかと心配しているんじゃない？」

「あたしに子どもはいないけど――」

およしはとまどった。話の筋が見えない。

「あら、ごめんなさい。でしたら、あたしの勘違いだわ。いえね、昨日『しん』という飯屋さんでご飯をいただいたとき、掏摸の話をしたでしょう。十歳くらいの男の子だったと言ったら、およしさん、急にそわそわしたもんだから、お身内にそれくらいの歳の子がいると思ったのよ」

なるほど、そういうわけか。

段々、話が読めてきた。

「こちらへ来るとき、十歳くらいの男の子が庭から出てきたのを見たのよ。紺絣を着た、坊主頭の子」

「わかったわ。その子があたしの息子だと思ったのね。違うわ、その子はこの家の先生のお弟子さん。岳男って言うのよ」

「そういうこと」

「でもね、おきくさんの言う通り。あたしは掏摸の話を聞いて、もしかしたら岳男の仕業《しわざ》かもしれないと勘繰《かんぐ》ったの。年格好が重なるし、着ているものも同じだから。どうも危なっかしい感じもするしね」

「安心して。あたしの財布を掏ったのは、岳男ちゃんじゃないわ。確かに坊主頭で、年格好も着ているものも似ているけど、もっと背丈の低い子だった。顔も違う。間近で見たから、間違いないわよ」

およしは胸を撫で下ろした。

「じゃあ、あたしはこれで失礼します。お茶、ご馳走さま」

おきくは帰っていった。

四

三日後、往診にきた幻庵は、彦兵衛に問うた。

「どうです、養生なさっていますか」

「ああ」

「まことでしょうな」

「何だい。あたしが嘘をついているとでも言いたいのかね」

「はい。ちゃんと養生なさらないから、昨日のようなことが起きるのですよ」

にべもない返事に、がっくりする。

昨日、彦兵衛は出先でふたたび倒れた。呉服屋から帰ってくる途中、天が回り出してその場にうずくまったのだ。

ちょうど通りかかった人に道の端へ寝かせてもらったところまでは憶えている。後はさっぱり、気づいたら家にいた。布団に寝かされ、涙目のあかねが顔を覗き込んでいた。助けてくれたのが幻庵だったのは運が良かった。ちょうど彦兵衛のところへ往診にくるところだったという。

今日は荷物持ちの小僧を連れてきた。あかねと同じ歳くらいの、坊主頭の男の子だ。診察の間は部屋の外で待たせている。あかねは使いに出していた。幻庵の話を耳に入れさせたくなかった。

「どうしてこんな体で呉服屋になど行かれたのです。倒れたときに頭を打ったら、もっと大変なことになっていましたよ」

やはり、あかねを出かけさせたのは正解だった。

「治らないのかね」

「難しいですな」

彦兵衛の問いに、あくまで淡々と幻庵は認めた。

「臍の下にあるしこりだろう？　そいつが悪いものなんだな」

「おっしゃるとおりです」

そんな気がしたのだ。

しこりがあることは、実は前からわかっていた。悪いものではないかと、ちらりと疑ってもいた。それを敢えて見ない振りをしてきた。知ればそのときから病人になる。

妻に捨てられ、息子とも疎遠の男には、泣き言をもらす相手がいない。しこりに気づく前は平気だった。どうせ身内にも嫌われているのだ、早いとこ病気になって、さっさとこの世からおさらばしたほうが、残る者のためだと強がっていた。

それがどうだろう、いざ医者に病と告げられた途端、弱気になった。藪医者だと見下していた幻庵に縋《すが》りつきたくてたまらない。

「あと、どれくらいだね」

怯えを押し隠して彦兵衛は確かめた。

「十年とは言わん。せめて五年はどうにかならんか」

「人によりますので、こればかりは何とも――」

「いくらでも高直な薬を使って構わん。金には糸目をつけないから、どうにか五年もたせてくれ」

「薬で治るものではないのですよ」

幻庵は言いにくそうにつぶやいた。

腹のしこりは既に大きい。食欲が失《う》せたのはそのせいだろう。しこりは胃の腑を押しのける勢いで育っており、いつどうなるか見当がつかない。

「だったら、どうすればいいんだい」

思わず独り言が漏れた。

薬では治らず、いつどうなるかわからない。手の施しようがないと宣告しているも同然ではないか。やにわに心の臓が膨《ふく》れ上がり、耳の中でドッドッと脈打つ音がする。

「死ぬのかね」

ずばり問うと、幻庵の顔が曇った。どうやら当たりだ。自分で問うておきながら、愕然《がくぜん》とする。

そのくせ己の傷口に塩を擦《す》り込むように、さらに確信へ迫った。

「あとどれくらいだい。五年、それとも三年かね」

幻庵は押し黙った。何とも言えない面持ちで、彦兵衛を見つめている。

「どうなんだよ」

三年でも首を縦に振らないとはどういうことだ。ならば二年。いくら何でも一年ということはないだろう。

「はっきりお言い。同情しなくていいから」

「このまま病が悪化すれば、来年の桜を見られるかどうか――」

ぎょっとして、彦兵衛は目を剝いた。

「おい、脅かさないでくれよ」

「残念ですが——」

幻庵は目を伏せ、かぶりを振った。

まさか。この耳でしかと聞いたはずなのに、幻庵の言葉を受け止められない。

来年の桜だと？　今は秋の初めだから、あと半年。何てこった。もう一年もないというのか。

気がつくと、手が震えていた。冷や汗で枕が濡れている。

予想していた以上の厳しい宣告だが、訊いて良かった。

あかねのことを除けば、さして心残りはない。店は息子に代替わりして繁盛しており、孫もいる。商いには何の障りもない。彦兵衛はあかねのことだけを考えればいいのだ。

女の子を育てるのは初めてで勝手がよくわからないが、できるだけのことはしてやりたい。身の回りのものを整え、習い事もさせて、金も持たせてやらねばなるまい。何より気懸かりなのは養い親だ。

半年。

残された月日はあまりに短い。あれこれと迷っている余裕はなさそうだ。信頼の置ける者へ頼み込むのが最善の策だろう。

さて、誰にするかの。

とはいえ、思いつく顔は一人だけ。どうにかして承諾させるしかない。なに、断らせるものか。いざとなったら、泣き落としでもして引き受けさせよう。支度金を積めば否やとは言わないはずだ。そう算段すると、やっと気持ちが落ち着いた。

五

九年振りの日本橋は、昔と変わらず賑やかだった。

『越後屋《えちご》』の前にはよそゆきで着飾った大勢の人がおり、楽しげに買い物をしている。この辺りは着物でも帯でも小間物《こまもの》でも、ひときわ贅沢なものばかり扱う大店《おおだな》が建ち並んでいる。

そうした通りを一通り眺めてから、懐かしい『鈴屋《すず》』の前に立った。

昔、生家に出入りしていた太物屋《ふともの》だ。当時、主はおしげの幼馴染みだったが、今はさすがに代替わりしているだろう。

ちらと店の中を窺うと、見知った顔の奉公人が何人かいた。

どんな顔で入ったものかと、おけいが気後れを感じているのをよそに、おしげは堂々としたものだった。おけいがためらっているのをよそに、さっさと店へ入っていく。

「こんにちは」

おしげが挨拶すると、店の奥から四十絡みの中年男が出てきた。

「これは、これは奥様――。ご無沙汰しております」

男はおしげと目が合うと、顔中に懐かしげな笑みを浮かべた。

「ま、憶えていてくださったの」

「もちろんでございます。『藤吉屋《ふじよし》』さんにはお世話になりましたから。お元気でいらっしゃいましたか」

「おかげさまで。あなたは立派になったわね。貫禄がついたわ」

「はは、すっかり肥《ふと》ってしまいまして。――失礼ですが、お連れさまは、おけいお嬢さまですか。お変わりございませんね」

確かに少々丸くなったが、優しげな顔には面影があった。

名も憶えている。福乃助《ふくのすけ》だ。若い頃には父親にくっついて、生家の藤吉屋によく出入りしていた。おけいとおしげを交互に見て、眩しそうに目をしばたたいている。

福乃助に薦められ、店の奥へ入った。

小柄な女の人が茶と菓子を運んできた。

「女房のまきです」

肉付きのいい顔を紅潮させ、福乃助が面映《おもは》ゆそうに言う。

おまきはしとやかに手をつき、挨拶した。大柄な福乃助と並んだ姿が実にしっくりくるのは、仲睦まじい夫婦だからだろう。おけいが瀬戸物町に住んでいた頃には、まだ父親の下について修業をしていたが、今や福乃助は堂々たる太物屋の主だ。

「お父さまはお元気？」

臆《おく》していたことも忘れ、おけいは福乃助に笑いかけた。

「三年前に亡くなりました」

「まあ――」

ごめんなさい、と詫びかけたおけいの口を封じるように、福乃助が笑顔で続けた。

「気になさらないでください。還暦は過ぎておりましたからね、寿命は全《まっと》ういたしましたよ」

亡くなる前年に福乃助へ代替わりを済ませていたおかげで、商いには障りがなかったらしい。

後を追うようにして、母も亡くなったそうだ。

「それはお寂しいでしょう」

おしげにもしものことがあったらと思うと、ついこちらの口振りもしんみりしたものになる。

「ええ。ですが、死んだ父が呼び寄せたのかもしれません。店では大きな顔をしていましたが、うちではすべて母親頼みでしたので」

「うちと同じですね」

おけいが言葉少なに返すと、おしげが続けた。

「仲の良いご夫婦は、亡くなった後も一緒にいたいものなのよ」

そういう話は聞いたことがある。

相次いでこの世を去ったことは悲しいが、あの世で夫婦仲良くしていると思えば、残された者は救われる。

父の善左衛門《ぜんざえもん》が亡くなった後も、おしげは達者に生きている。ありがたい話だが、夫に先立たれた母は寂しいかもしれない。

「あなたがしっかり後を継いでくださったから、ご両親とも安心していらしたでしょう。わたしはまだ死ねないわ。おけいのために長生きしてやりたいもの」

両親を亡くしたという福乃助にとっては、おしげの言葉が胸に染みるのだろう。神妙な面持ちでうなずいた。

「奥様なら長生きなさいますよ」

「それならいいけど。今日は年配の男の人に贈る反物《たんもの》を探しにきたのよ。見立ててくださる？」

「もちろんでございますよ。喜んでお見立ていたします」

福乃助は反物をいくつか持ってきた。

その中でも一番のお薦めはこれだと、恭《うやうや》しい手つきで落ち着いた色合いの反物をおしげの膝前に出した。

「あら、素敵。久留米《くるめ》絣《がすり》かしら」

「さすがにお目が高くていらっしゃいますね。おっしゃる通り、久留米絣でございます。丈夫ですので、長くお使いになれますよ。若い職人の織ったものですので、さほど値も張らず、お客さまに重宝いただいております」

「どう？　おけい」

藍色《あいいろ》の生地に白い絣模様の入った久留米絣は見るからに物が良く、上品な照りがあった。これなら贈りものとしてふさわしいだろう。値が控えめなのもありがたい。

「これなら普段着にはもちろん、ちょっとしたお出かけにもお召しになっていただけるわ。生地がしっとりとして、肌あたりも優しいのがいいわね」

「お召しになるのは年配の方という話でしたね」

「ええ。前に茶屋で板前をしていた方なの。うちの店をちょっと手伝っていただくことになったものだから、そのお礼に、と思って」

「さようですか。茶屋でお仕事をされていた方なら、久留米絣のこともご存じでしょうし、きっとお喜びになりますよ」

「じゃあ、こちらにしましょう。福乃助さん、包んでくださいな」

決して安くない買い物だが、平助の代わりに『しん』を支えてくれる人に贈ると思えば惜しくない。

主の福乃助と妻のおまきが並んで見送ってくれた。

「またいらしてください」

「ありがとう。今度はうちの店にもいらしてくださいな。橋場の渡しのすぐ近くで、『しん』という屋号で飯屋をやっておりますの。おけいと二人でお待ちしておりますわ」

「はい、伺います」

福乃助は満面の笑みで請け合った。

建前《たてまえ》ではなく、本物の約束に聞こえた。福乃助の隣で、おまきも会釈している。

二人が並んでいる姿を見たら、胸が温かくなった。

「久々に福乃助さんとお会いして楽しかったわ」

通りを曲がってから、おしげが言った。

「本当ね。ちっともお変わりなかったわね。相変わらず親切で、ご夫婦仲も睦まじそうで良かったこと」

福乃助はおけいやおしげとの再会を、心から喜んでいるように見えた。新吉の一件のことも承知しているだろうに、好奇や同情の目を向けることなどなかった。

昔馴染みはありがたい。

太物も人も長い付き合いができるように。先代主の教えに従い、福乃助はおけいとおしげが日本橋を離れた後も、元気にしているかと心を寄せてくれていたようだ。

「わたし、いい人たちに囲まれているのね」

つぶやいたら、おしげに肩をぽんと叩かれた。

「なあに、今さら。当たり前でしょう。今まで会わずにいたのが勿体《もったい》なかったわね。

着物も人も同じ。ご縁がある人とは長く付き合えるのよ。事情があって離れても、また会える」

おしげはさばさばとした調子で言った。

たぶん、新吉のことを頭に浮かべているのだろうと思ったら、当たった。

「あの子、今はどんな人に囲まれているのかしら」

同じことをおけいも考えていた。

「そうね――、平助さんみたいな人とか」

「新吉はお爺ちゃん子だったものね」

「健志郎さんみたいな若い人と一緒かもしれないわよ」

どこでどうしているにしろ、新吉なら大丈夫。

きっと、いい人たちが周りにいる。

財布はすっかり軽くなったが、気持ちはふくらんでいた。生まれ育った町をふたたび歩き、昔馴染みと話せたことでしみじみ胸が温まっている。

やはり、おけいは日本橋が好きなのだ。橋場町での暮らしを大切に思う気持ちと同じように、かつての日々にも愛着がある。

この町には、息子の佐太郎も暮らしている。

婚家の『信濃屋《しなの》』はここから歩いてすぐだ。もしや偶然すれ違うこともあるかもしれない。狭い町なのだから。そう思った途端、居ても立ってもいられなくなった。『松屋』のかつての板前を世話してくれたお礼に、おちかにも何か可愛らしいものを贈ろうと、通りを眺めながら歩いていたら、大きな呉服屋に知り合いがいるのを見つけた。

「あら――」

彦兵衛だ。

こんなところで見かけるとは珍しい。見過ごしそうになったが、やはりそうだ。いつもの仏頂面《ぶっちょうづら》で呉服屋の店先に座り、女物の反物を見つくろっている。

第四章　他生《たしょう》の縁

一

朝起きて、何気なく窓の外の空を見上げたら、鱗雲《うろこぐも》が浮かんでいた。つい少し前まで入道雲ばかり見ていた気がするのに、いつの間にか様変わりしている。そういえば、しばらく前から蟬《せみ》の声も聞かなくなった。毎日代わり映《ば》えのしないのはおよしだけで、季節も人も黙って衣替えする。おや、と思ったときには置いてけぼりにされている。いつだってそうだ。

「そろそろお暇《いとま》しようと思います」

ある朝、いきなり新市が言い出した。

「おかげさまで体も本調子に戻りましたので」

「そりゃそうだけど、ずいぶん急な話ね。幻庵先生にはもう伝えたの？」

「はい、昨日」

道理で岳男が仏頂面をしているわけだ。

まあ、近いうちに出ていくかもしれないとは、およしも思っていた。新市は一人前の大人だ。怪我をしていたから連れてきたものの、体が癒《い》えれば自分の家に帰るに決まっている。

岳男は庭で洗い物をしていた。後ろ姿が怒っている。

真っ黒に焼けた細い首を垂らし、ときおり手の甲で顔をぬぐっているのは、新市に出ていかれるのが嫌で、泣きべそをかいているのだ。

新市も気になるらしく、心配顔で庭を眺めている。

「放っておけばいいわ。何かあるたび、ああやってむくれるのよ。いちいち相手にしていたら、つけ上がるだけ」

「まだ子どもですから」

「甘い」

およしはすかさず異《い》を唱えた。

「いくら子どもといっても、幻庵先生の弟子として置いてもらっているんだもの。

いくら寂しいからって、泣いて仕事を怠《なま》けるようでは駄目よ。甘やかしたら、あの子のためにならないでしょ」

「――すみません」

「別に新さんが悪いわけじゃないわ。そういう子はいくらでもいるのよ。岳男だけじゃない、あたしだってそうだったもの」

およしが両親を亡くし、住み込み奉公に出たのは九つのとき。今の岳男より幼かった。奉公先の主人は幻庵と違ってせせこましく、箸の上げ下げにまで小言を言われ、裏では年上の奉公人仲間にしょっちゅう泣かされていた。

今でも当時のことを思い出すと、かつての自分がいじらしくなる。

どうにかこうにか、やってきた。悔し涙をたくさん呑んで、それでもこうして生きている。そんなものだ。

岳男も今はめそめそしているが、半月もすればケロリとして新市を忘れる。

人なんて薄情だ。それでいい。全部覚えていたら、怖くて生きていかれない。だから安心して忘れるようにと、およしが教えてやれる。

「ここを出て、どこへ行くの？」

「決めていません」

「そう――」

住む場所が決まったら教えてほしいと言いかけ、口を閉じた。答える気がない人に訊いたところで困らせるだけだ。

「わかったわ。新さんにも都合があるものね。ともかく、お元気でね」

「ありがとうございます。およしさんにも、お世話をかけました」

「いいのよ、そんなこと。よかったら、最後に岳男へ声をかけてやって」

「はい。そうします」

新市は庭へ下りていった。

足音が聞こえたらしく、岳男がうなだれていた首を起こした。まだむくれている。斜に構えた顔の持ち上げ方からも明らかだ。岳男は濡れた手で新市の袖を摑んで、左右に揺すりつつ、「行かないで」と涙声で訴えている。

「ごめんよ」

つくづく人の好い男だ。子ども相手に大真面目に詫び、頭まで下げている。

新市がしゃがんで岳男と目線を合わせた。そんなときでも姿勢がいい。しゃんと伸びた背筋や、岳男に向ける柔らかな眼差《まなざ》しに育ちの良さを感じる。亡くなった米屋の旦那もそうだった。およしが我が儘《まま》を言っても怒ることもなく、いつだって鷹揚《おうよう》に笑ってばかりで。そういう優しいところが憎くて、でもやっぱり好きだった。

早くに両親を亡くしたから、家族を持ちたかった。

米屋の旦那は少し父親に似ていた。子ども時代に甘えられなかった分、駄々《だだ》をこねて困らせたかったのだと、今ならわかる。もっとも、相手にすれば迷惑なだけ。そういう鬱陶《うっとう》しいことをするから嫌われる。

大丈夫、人との別れには慣れている。

今は寂しくても、半月もすれば情も薄れる。まあ、それは少々早い気もするが、ひと月、いや半年経つ頃には胸の穴はほとんどふさがっている。そんなものだ。これまでもそうやって生きてきた。

それより、新市の行き先が気になった。この人、これからどうするのかしら。

新市は自分のことをほとんど打ち明けなかった。頭を打って、家の場所も親兄弟のことも思い出せないと言っていたが、それはこの家に来たときの話。出ていくからには思い出したのだろう。

幻庵によれば、一生そのままのこともあるようだから、新市は幸運だ。

どこかに待っている人がいる。

そう思えば、新市が出ていくのは良いことだ。

「ごめんください」

通夜のような朝ご飯の途中、人が訪ねてきた。

中肉中背の、商家の手代のような身なりをした男だ。歳は四十半ばから五十の間といった中年で、ごつごつした四角い顔は顎が張り、髭《ひげ》を剃った後が青々としている。

「ご飯時に失礼いたしますよ。あたしは長吉と申します。ちょいと伺いたいことがありまして」

と口上《こうじょう》を述べてから、ちらりと袖から十手を覗かせる。

嫌なお客が来たものだ。思わず眉をひそめると、長吉は皮肉げに口の片方だけを吊り上げた。

「なに、用事が済めばすぐに帰りますよ」

「そうしてくださいな。まだご飯の途中なんですから」

「こちらに十歳ほどの男の子がいるそうですな」

嫌な笑い方をする人だ。

岳男のことを指しているのは承知だが、答えたくなかった。十手持ちに関わると碌《ろく》なことがない。

「いるんでしょう」

「どうしてそんなことを訊くんです」

「あたしが訊いているんですよ。この家には十歳ほどの男の子がいると人に聞いてきたんですがね、どうなんです」

長吉にひたと見据えられ、ぞっとした。

冷たい手で足首を摑まれたように身が硬くなる。蛇に睨まれた蛙さながら、顔に脂汗がにじんできたところへ幻庵が出てきた。

「どうした」

玄関へ立ったまま、戻ってこないおよしを気にして様子を見にきたらしい。

「こちらは？」

「長吉さんですって。十手持ちの――」

手で口を覆って耳打ちすると、幻庵は浅く顎を引いた。後は任せておけと言わんばかりに、およしにうなずいてみせる。

「わたしがお話を伺いましょう」

幻庵はくつろげていた衿をかき合わせ、玄関口に膝をついた。

「こちらの家のご主人で？」

「ええ。幻庵と申します」

「お医者をなさっていると近所の人から聞きましたが」

「その通りですよ」

「立派なご商売ですな。評判もいいと伺いましたよ」

「さようですか。で、今日は何用でいらっしゃいますか」

日頃は真面目なばかりの唐変木《とうへんぼく》の幻庵が、いつもと同じ調子で淡々と応じている。なのに、今日は頼もしく感じた。およしは十手持ちと思うだけで動揺して、へどもどしているのに、幻庵は顔色ひとつ変えない。

「先程この人にも申したのですが、こちらに十歳ほどの男の子がおりますな」

「それが何か？」

「会わせてもらえませんかね」

「なぜです」

「ちょいと訊きたいことがありまして。なに、すぐ済みます」

「用件を先に知らせていただきたい」

「お、とすると、やはりいるんですな。こちらには男の子が。ひょっとして先生の倅《せがれ》さんですか」

「……」

「で、そちらがおっ母さん。――とか」

長吉に見られ、およしはビクッとした。

幻庵は応じない。腕組みをして、じっと長吉の顔を見据えている。

「いやね、実はここのところ、界隈《かいわい》に子どもの掏摸が出ると注進がありましてね。こうして話を伺いに回っておるのです」

あ、と思った。

おきくが財布を盗られた掏摸のことだ。『しん』でその話を聞いたとき、居合わせた職人風の男もやられたと言っていた。

すると、長吉はどこかで噂を聞きつけ、この家に来たのだ。ここには十歳くらいの男の子がいると。

奥の部屋にいる岳男のことを思い、およしは焦った。下手をすれば濡れ衣を着せられてしまうかもしれない。

が、おきくは違うと言っていた。わざわざ教えてくれたのだから証言しなければと気が逸《はや》り、気づけば走り出していた。

「あの――」

舞い戻ってきたおよしを見て、幻庵が怪訝《けげん》な顔をした。

「下がっていなさい」

口を開きかけたおよしを幻庵が制した。

「でも」

「いいから」

濡れ衣なのだと説明したかったが、いつにない幻庵の鋭い声に言葉を呑んだ。

黙っていろ、ということだ。余計な口を挟んで、ややこしいことになったらどうする。そう言いたいのだろう。

およしは幻庵に任せ、引き下がった。

昂《たか》ぶっていた胸が冷え、ふつふつと腹立たしさが燻《くすぶ》っている。何よ、人のことを馬鹿にして。

しかし、怒っている場合ではない。岳男の一大事だ。話のなりゆきが気になり、物陰で二人のやり取りに耳を澄ませた。

「うちには関係ありません。何も盗《と》られておりませんから」

「そんな心配はしていません。こちらにいるのは、盗ったほうの子どもじゃないかと言っているんですよ」

「誰がそんなことを言っているのです」

「近所の方々ですよ」

「事実無根です」

「なんでも、少し前に転がり込んできた子だそうですな。先生の実のお子さんではないということでしょう。貰《もら》い子ですか」

「そんなことを答える義理はない」

幻庵は堂々としている。

「答えていただきますよ。いくら子どもでも、掏摸を働いているようでは見過ごせませんから。ここに連れてきてください」

「断る」

にべもなく返すと、幻庵は立ち上がった。

「用件はそれだけですか。でしたら、お帰りください。じきに患者もまいりますので」

「じゃあ、出直します」

「何度来ても同じことだ。十手持ちにうちの子を会わせる気はありません」

「庇《かば》い立てするおつもりですか。立派な先生のなさることとは思えませんな」

「うちの子のわけがないのでね」

「ま、親はみんなそう言うんですよ」

長吉はせせら笑った。

馬鹿な親は——、と聞こえよがしに付け加える。

「他を当たるんですな。うちの玄関先で粘っても掏摸は捕まりませんよ」

「そうですかねえ」

「もし、わたしの見立て違いでうちの子が掏摸だったら、どんな咎《とが》めでも受けましょう」

「大した自信ですな」

「当然です。掏摸だなんて、お門《かど》違いも甚《はなは》だしい」

「この耳で、しかと聞きましたよ」

ようやく長吉は諦《あきら》めたらしい。

はあ、とわざとらしい太息《ふといき》を残し、帰っていった。

「まだいたのか」

玄関口でこちらを振り返った幻庵は、つと目をしばたたいた。

「格好良かったわよ、先生」

「何の話だ」

決まりが悪いのか、仏頂面で頭を掻く。

長吉が出ていった後、幻庵がほっと息をついたのを、およしは見逃さなかった。平気そうに振る舞っていたが、やはり緊張していたらしい。今になり、顔に汗をかいている。

むせび泣く声に振り向くと、柱の陰に岳男がいた。涙で顔をぐしゃぐしゃにしている。

「どうして泣く。怖い奴を追っ払ってやったのに」

「馬鹿ね、先生。嬉しいのよ、岳男は」

およしが軽く小突くと、幻庵は大仰《おおぎょう》にのけ反った。

堅物《かたぶつ》の人がそんな真似をするのは珍しい。照れているのだ。

「誰が馬鹿だ」

幻庵は赤面していた。泡を食ったせいか、売り言葉に買い言葉で言い返してくる。

「……先生」

岳男は泣きながら幻庵に抱きついた。

「おいら、掏摸なんかやってないよ」

「わかっておる」

よしよし、と幻庵は岳男の坊主頭をなでた。

つむじが真っ赤になっている。庇ってもらってよほど嬉しかったのだろう。

いい人なんだわ。

今さらながら、幻庵の振る舞いに感心した。

掏摸の話を聞いたとき、およしは岳男を疑った。

親と死に別れ、食べるのにも苦労して来た子だからひょっとしたらと、おきくに別の子だったと教えてもらうまで悶々《もんもん》としていた。

でも幻庵は違った。岳男を信じた。もし掏摸をしたのが本当だったら、十手持ちに喧嘩を売る羽目《はめ》になっていたというのに。それを承知で肚《はら》を括ったのだ。

岳男は幻庵の足にしがみつき、涙顔を押しつけている。端にいるこちらまで泣けてきて、およしは袂で目を押さえた。

それから十日ばかりした後、掏摸をしていた子どもが捕まった。

噂に聞いていた通り、十歳ほどの男の子だった。くりくりした坊主頭で小柄の、はしっこい子どもだそうだ。

意外なことに、金持ちの家の子だった。

遊び半分で掏摸をしていたらしく、盗んだ品は無造作《むぞうさ》に捨てていたのだとか。その他にも余罪があるらしい。仲の良い友だちと結託して、大人を襲うこともあったという。

とんでもない話だ。長吉を褒めるのは業腹《ごうはら》だが、おかげで助かった。掏摸をしていたのがどこの家の子どもなのかはわからずじまいだ。おそらく親が手を回し、長吉を黙らせたのだろう。

別にどこの子でも構わない。うちの岳男の濡れ衣が晴れたなら、それで十分。しばらくの間、近所の者はおよしと会うと、ばつが悪そうに顔を背《そむ》けた。あの家にいる子どもが怪しいと長吉に告げ口したのは明らかだったが、そのおかげで岳男はすっかりうちの子になったのだから、いいことにしよう。

そう、うちの子になったのだ。

幻庵は岳男を養い子にした。この先も修業させ、跡継ぎにしたいらしい。

そのついでに、およしを女房にしてくれるという。

岳男にも母親が要るだろうからと。瓢箪《ひょうたん》から駒が出た。

これまでただの一度もそんな素振りを見せたことがないくせに、つくづく憎らしい人だ。そのつもりがあるなら、さっさと言ってくれても良かったのに。

十手持ちに疑われたのは災難だが、家族ができたのはありがたい。といっても、日々の暮らしは相変わらず。朝から晩まで幻庵は患者の世話で忙しく、夫婦者らしい甘さはまるでない。

近頃は遠方の医者仲間と何やら相談しているようで、しょっちゅう手紙のやり取りをしている。

その医者仲間が、およしの親しくしていたおふじの息子、宗吉だと知ったのは、秋も半ばに差しかかる頃だった。

二

呉服屋から届けられた着物を見て、あかねは目を丸くした。

「なあに、これ」

「決まってるだろう。お前さんのものだ」

彦兵衛が呉服屋に作らせたのは、木綿と紬《つむぎ》の普段着と絹のよそゆきだった。それぞれに合う帯と襦袢《じゅばん》もある。

どれも彦兵衛が独断で選んだものだが、あかねには似合うはずだ。この先背丈が伸びても着られるよう、丈《たけ》もたっぷり取ってある。

さっそく畳紙《たとうがみ》を広げ、作った品々を見せた。

「どうだ、気に入ったかね」

遠慮しているのか、あかねはもじもじして着物に手を出そうとしない。

「それとも気に入らなかったか。あたしが選んだものだから、年寄り臭くて気に入らないかね」

あかねは黙って首を横に振った。

「どれも素敵だけど、もらえない」

「なぜだい。全部お前さんのために作ったんだよ」

彦兵衛はおろおろとして言いつのった。

「だって、すごく高いでしょう。あたし、とても払えないもん」

「何を言うんだね。お金なんているもんか。あたしからの贈りものだよ。この家に来てから、お前さんはずっと着たきりじゃないか。見れば、袖丈も足らんようだし。

いつも良くしてくれるから、そのお礼だ。遠慮しないでもらっておくれ」

「いらない」

にべもない返事に、彦兵衛はがっくりきた。

「余計なお世話だったかい」

「ううん」

あかねは赤い顔をして、かぶりを振る。

「お礼をするなら、あたしのほうだもの。泊めてもらって、食べさせてもらってるんだから」

「お前さんは、その代わりに炊事や洗濯をしてくれる。この家は部屋が余っておるし、いつまでもいればいい。あたしは自分では満足に米も研げないんだ。お前さんの作ってくれるご飯はどれもうまいから、三度の飯が楽しみでね。今までの女中とは大違いだよ。お礼の一つもさせておくれ」

それでも、あかねはうなずかない。

「駄目かね」

どうしたら、この子を喜ばせてやれるのだろう。

あいにく頭が硬くて、着物を買うことくらいしか思いつかない。

金で歓心を買おうとしたのがまずかったか。それとも女中と比べたのがいけなかったか。

そんなつもりはないのに、ひとたび口を開くと棘《とげ》で相手を刺してしまう。こういう性分《しょうぶん》だから息子夫婦にも疎まれるのかもしれない。張りきっていた分、落胆が老体に応《こた》えた。

しかし、あかねは健気《けなげ》にも彦兵衛を慰めた。

「あのね、着物は嬉しいの。こんなに綺麗なもの、あたし一度も着たことないもの。お盆とお正月がいっぺんに来たみたい。でも、だから怖いの」

「どうして怖いんだい」

問いかけても、あかねは小さな口をキュッと閉じている。

「黙っていちゃわからないよ。言いたいことがあるなら、言いなさい」

いつもの癖で声を荒らげそうになるのを抑え、彦兵衛はなるべく優しい声を出すよう努めた。

「怒ったりしないから、話してごらん」

膝を詰めると、あかねが小さな拳を握りしめた。

「……爺ちゃん、体の具合が良くないんでしょ」

目を伏せたまま、暗い声で切り出す。

そういうことかと、やっと合点がいった。

このところ幻庵が頻々《ひんぴん》と往診にくるのを、あかねは気にしているのだ。よほど重い病で、もう余命幾《いく》ばくもないと心配しているのだろう。

「そんなこと、子どもが心配しなくていいさ」

宥《なだ》めると、あかねはキッと顔を上げた。

「心配するわよ。当たり前じゃない、子どもだからって馬鹿にしないで」

間髪《かんはつ》容《い》れず、あかねは口答えしてきた。

「馬鹿になんてするもんか」

「だったら教えてよ。爺ちゃん、何の病気なの？」

あかねはもう半分泣いている。

さて、どう返したものか。

この子は母親を病気で亡くしている。普通の子どもより病には敏感だろうから、下手なごまかしは通用しなさそうだ。

とはいえ、腹に悪いしこりがあると言えば怖がらせるだけ。それも薬では治らないと、医者に匙《さじ》を投げられている有り様だと知ったら、どんな顔をするか。

しかも、幻庵はあかねを養い子にはできないと言ってきた。

自分には男の子がいるから無理なのだそうだ。

そんな話は初耳だ。独り身だったはずなのに、幻庵はいつの間にか子持ちになっていた。

聞けば、往診に来るときについてくる小僧のことだという。あかねと同い年の十歳だとか。ならば一緒に育ててくれればいいものを、そういうわけにはいきません、とつれないことを言う。

が、彦兵衛は諦めていない。今日の往診のときにも、また頼んでみるつもりだ。金が問題なら、こちらには用意がある。養い親を見つけてやらないと、死ぬに死ねない。

「答えられないくらい重い病気なの？」

「そうじゃないさ」

平静を装うつもりが、声が上ずった。

「だったら治る？」

「どうかな。年寄りだから、すっきり元通りとはいかんかもしれんな」

「ほら。やっぱり重い病気なんじゃない」

「人間、歳を取ると、どこかしら悪いところはあるもんだよ」

「誤魔化《ごまか》さないで。あたしは世間の年寄りの話をしているんじゃないのよ。爺ちゃんの体のことを訊いてるの。——だって、重い病気だったら、悪くすれば死ぬかもしれないでしょう。そんなの嫌よ」

とうとう、あかねは泣き出した。

まいったね。

これでは着物どころではない。

彦兵衛はため息をつき、畳紙を閉じて着物を脇へ寄せた。喜んでもらおうとして泣かせるとは、いやはや、我ながら子ども心に疎くて嫌になる。自分にうんざりしているところに助け船が来た。

「こんにちは」

訪《おとな》いの声に出ていくと、果たして幻庵だった。往診に来たのだ。

やれ、助かった。

ここは一つ嘘でもいいから、医者の口で誤魔化してもらおうと思ったら、幻庵が興奮して鼻を膨らましていた。はあはあ、と肩で息をして総髪《そうはつ》を風で乱している。

よほど急いで来たのか、いつもの小僧も伴っていない。

「聞いてください」

家へ上がるや否や、幻庵は逸った口振りで切り出した。

「もしかしたら、お助けできるかもしれません」

「ほう、養い子の話かね」

「違います」

「何だい、違うのかい」

すわ気が変わったかと期待した分、落胆した。

「そんなことより、もっと良い話ですぞ」

「ふん、大風呂敷を広げたもんだ」

「憎まれ口をきいているのも今のうち。たまげますよ」

幻庵は目を剝《む》いて訴えかけてくるが、彦兵衛は白《しら》けていた。

目下の懸念はあかねの今後。彦兵衛の頭はそのことで一杯で、他の話など入りそうにない。

「いいですか、驚かないで聞いてください」

何だろうね、さっきから。勿体ぶった前口上《まえこうじょう》に辟易《へきえき》する。

「さっさとお言い。勿体つけたところで、どうせ大した話じゃないんだろ」

「へらず口を叩いていられるのは今のうちですぞ。彦兵衛さんの病、治るかもしれません」

「何だって？」

啞然《あぜん》として口が開いた。

治る？　この厄介な病が治ると聞こえたが――。

草履を脱ぐのももどかしそうに、幻庵は家に上がってきた。彦兵衛の両肩に手を置き、ゆさゆさと揺する。

「長崎から手紙が届いたんですよ。昔からの知り合いの蘭方医の伝手《つて》で、しこりを診てくれる医者を紹介してもらったのです。むろん、その人も蘭方医ですぞ」

「ちょ、ちょっと。落ち着いて話しておくれ。つまり蘭方医があたしの腹を診てくれると言うのかね」

「その通りですよ、彦兵衛さん。蘭方医に診てもらえるなんて機会、めったにあるもんじゃありませんよ。さすがに運が強いですね。憎まれっ子世にはばかるとは、よく言ったものですな。――いや」

口を滑らせたことに気づいたか、幻庵が神妙な面持ちで口を閉じた。

えへん、とわざとらしく咳払いをして、その場を取り繕《つくろ》うのをしらっと見逃し、彦兵衛はもう一度確かめた。

「今の話は本当かい」

ついでに頬をつねってみる。日頃は鼻で笑っている子どもじみた振る舞いだが、せずにいられない。

「本当ですよ。それだから、わたしは養い子の話を断ったのです。人に託さずとも、彦兵衛さんがご自分で育てればよろしいと思いまして」

その日、いつにも増して丁寧に、幻庵は彦兵衛の体を診察した。

蘭方医に任せるには今の状態が肝心なのだとか。

「うん、いいですね。心の臓の音も元の調子を取り戻しつつあります。養生してくださったのですな」

幻庵は上機嫌だった。

往診を終えて帰るときには、がっしりと彦兵衛の手を包んで言った。

「しっかり食べて体力をつけてください。お酒は絶対に駄目です。病が治るまで辛抱してください」

「ああ、わかったよ」

酒の心配は無用だ。

今はもう、彦兵衛は晩酌をしなくなった。酒問屋の隠居としては由々《ゆゆ》しき話だが、酒よりもっとうまいものを見つけたのだ。

「爺ちゃん、ご飯できたわよ」

茶碗に山盛りの白飯と熱々の味噌汁。

それに季節の青菜と魚を添えれば十分だ。

いつものように部屋の外で幻庵の話に聞き耳を立てていたあかねは、こぼれ落ちそうな笑顔で膳をととのえた。

座布団を持ってきて彦兵衛の尻の下に当てたり、綿入れを羽織らせたりと、まめまめしい。ご飯を食べている間も「お代わりは?」とうるさい。

「これ。いっぺんにたくさん盛りつけ過ぎだよ」

「残したら駄目だからね」

「やかましい子だね」

「お味噌汁もお代わりしてよ」

「わかった、わかった」

あかねと一緒に食べると、ただの白飯がご馳走になる。

酒を飲まなくても、楽しくて酔っぱらったときみたいに、笑いが込み上げてくるとは安上がりだ。

まるで極楽だと思いかけ、彦兵衛はかぶりを振った。

冗談じゃない。極楽に行くのはまだ早いよ。あたしは百まで生きて、あかねを嫁に出すつもりなのだから。


「まあ、いらっしゃいませ」

良い気分で暖簾を分けると、女将のおしげに出迎えられた。

いつもながら小面憎いほど美しく、取り澄ましているが、今日はちっとも腹が立たない。

「ご機嫌が良さそうですこと」

彦兵衛の顔を見るなり、おしげが意外そうに目を見開いた。

「ふん。あたしの機嫌が良いのが気に入らないかね」

慌てて仏頂面を作ったが、我ながら締まらない。つい口許が緩んでしまいそうになる。

「あら。本当にご機嫌ですわね」

おしげは優雅な仕草で彦兵衛を長床几へいざなった。

「今日は何をお出ししましょう。先日は秋鮭を二人分お持ち帰りなさいましたけれど、お口に合いました？」

「まあ、秋鮭は誰が焼いても旨いからな」

「お気に召していただけましたのね。ようございました」

厭味《いやみ》を言っても、おしげは柳に風とばかりに受け流す。こういう女を女房にすると苦労しそうだと思いつつ、長床几へ腰を下ろした。

若女将のおけいがほうじ茶を運んできた。

ちょうど喉が渇いていたところだからありがたい。

「ああ、うまいな」

一口啜り、思わず唸《うな》ってしまった。おけいと目が合い、慌てて仏頂面をこしらえる。

茶の湯の嗜《たしな》みのある彦兵衛は茶の味にうるさい。駿河町の家にいた頃は、自分でも薄茶を点《た》てて服していた。隠居暮らしの今は面倒ですっかり遠ざかったが、かといって市中に出回る煎茶では物足りない。

そこへいくと、おけいの淹れる茶は悪くなかった。むろん、きちんと点てたものに比べれば落ちるが、しみじみと滋味《じみ》深い。客が立て込んでいるときでも、きちんと湯冷ましを使い、じっくり茶葉が開くのを待っているのがわかる。

「あんた、茶の湯の心得があるんだろう」

上目遣いに訊ねると、おけいは顔を赤らめた。

「娘時分に習いました。下手で、いつも先生に怒られていましたけど」

「茶より菓子のほうが楽しみだった口かね」

「お恥ずかしい。よくおわかりになりますね。その通りなんです」

この若女将は常にこういう口を利く。ことさら己を低く見る癖があるのは、美人でしっかり者の母親を見て育ったせいか。そんなことでは押し出しの強い者に圧《お》されて損をするよと言いたくなる。おっとりし過ぎて少々歯痒《はがゆ》いが、嫌いではなかった。どこか亡き妻のよしのと重なる。

「ところで、茗荷《みようが》は苦手かね」

「え?」

いきなり何の話とばかりに、おけいが小首を傾げた。

「だから茗荷だよ。あれは好き嫌いが分かれるだろう。あんたはどうだい」

「独特の癖がありますものね。子どもの頃は、わたしも得意ではありませんでしたけど、今はよくいただきます。うちの裏庭でも育てておりますし。天麩羅にすると、癖が薄れて食べやすくなりますよ」

「ほう」

そいつは妙案だ。天麩羅ならば、あかねの口にも合うだろうか。

彦兵衛は茗荷の味噌汁が好物だが、あかねが嫌がり、ちっとも作ってくれない。一緒に暮らすなら、おいしさを分かち合えたほうがよかろうと思っていたのだ。

「よし。茗荷の天麩羅をくれ」

注文した後、はたと気づいて口を曲げる。

「いや、天麩羅は冷めるとまずくなるから駄目だな」

「召し上がるときに、網で軽く炙ってくださいな。そうすれば、お家でもおいしくいただけますので」

横からおしげが口を挟んできた。

「そうか、秋鮭のときと同じだな」

あのときは平助が教えてくれた。

焼く前に酒を振りかけるといい、と。その通りにしたら、本当に焼き直しでもうまかった。

そういえば、今日は出てこないようだが。

弟子の健志郎の姿はちらりと見えたが、平助はさっぱり。さては、彦兵衛の声を聞きつけ、避けているのか。下手に顔を出せばろくなことにならないと、厨《くりや》で息をひそめているのかもしれない。

首を伸ばして厨の様子を窺っていると、

「平助さんですか？」

視線の先を辿ったのか、おけいに言われた。

「ごめんなさい、しばらく休んでいるんです」

「休み？」

意外なこともあるものだ。

「珍しいね。もしや体の具合でも悪いのかい」

当てずっぽうで言うと、果たしておけいがうなずいた。

「そうなんです。――心の臓の病を起こして、十日ほど家で養生しております」

「心の臓だって？」

思わず眉をひそめ、おけいの顔を見た。

「大ごとじゃないか。養生って、ちゃんと医者に診せたかね。もしまだなら、あたしが紹介してやってもいいよ」

「ありがとうございます。おかげさまで、お医者さまに診ていただいて、お薬を飲んでおとなしくしていますわ。幸い順調に回復して、お医者さまにも心配いらないとおっしゃっていただいたんですけど、大事を取って休ませているんです」

「ああ、そうしたほうがいいね。年寄りなんだから。無理は禁物だよ」

「本当に。わたしたちからも口を酸《す》っぱくして言い聞かせております。お店を休むのが気兼ねなんでしょうね」

「ま、そう思うのはもっともだが。すると何だい、今は例の若いお武家に勝手場を任せているのかい？」

それでは平助も安心して養生できまいと思いきや、助っ人を頼んでいるのだそうだ。

なんでも竹町の渡しにある茶屋で包丁を握っていたという板前が、平助の代役を務めているらしい。

結構な話だ。茶屋の客は舌が肥えている。そこで鍛えた助っ人のほうが、むしろ平助より腕が上だと評判を取るようなら面白い。——と、いつもの調子で悪態をつこうとしたがよしておいた。

心の臓の病。そんな話を聞いては、さすがの彦兵衛も下手な冗談を口にする気になれない。

茗荷の天麩羅はじきに出てきた。

「よろしければ、お一つ店で召し上がっていきませんか」

おけいに薦められ、それならば、と箸を伸ばした。

熱々のところへ、ちょんと塩をつけてぱくりといくと、思った通りの味がした。

「うまいな。酒が飲みたくなる」

まさに茶屋で出てくる天麩羅だ。品が良くて、酒と合う。

「ごめんなさい。うちではお酒を出していないんです」

「わかってるさ。言ってみただけだよ。残りは包んでおくれ」

彦兵衛は箸を置き、ほうじ茶を口に含んだ。

おけいが目礼をして厨へ引っ込み、おしげ一人になった。

「あまり口に合わなかったようですわね」

「いや、そんなことはない。うまいよ。さすが茶屋で板前をしていただけのことはある。久し振りに酒が飲みたくなったよ」

「それは褒め言葉ですの？」

「当たり前だろう。もちろん褒めたんだ」

この女将が小面憎いのはこういうところだ。花のような笑みを浮かべつつ、ちくりと胸に刺さるようなことを言う。

「ようございました。また、いらしてくださいね。あと十日もすれば、平助も店に出てこられると思いますので。その暁には平助に作らせますわ」

「そうかね。しかし、あたしも暇じゃないからね。そんなにすぐは来られないよ。次はまあ、雪が降る頃に顔を出そう」

「楽しみにしておりますわ」

店を出るときには、おけいとおしげが見送ってくれた。

「何だい、母娘揃って大袈裟だな」

苦笑いをしながら片手を上げると、二人は同じようにきれいな辞儀《じぎ》をした。

あまり似ていないようでいて、並ぶとやはり母娘だ。ちょっとした仕草がそっくりだった。

小風呂敷に包んでもらった天麩羅を胸に抱え、渡し場まで歩いた。

「まったく――」

辺りに人がいないのをいいことに、彦兵衛はぼやいた。

あの平助が体を悪くして店を休んでいるとは。お互い歳を取ったものだ。

早く治して店に出てきてもらわなくては困る。

茶屋の板前の作った天麩羅はうまかったが、彦兵衛があかねに食べさせたいのは、酒ではなく白い飯に合う天麩羅なのだ。少し甘いつゆに浸けて、口の周りを油で光らせながら食べる。そういう天麩羅をあかねに食べさせてやるつもりだったのに。

仕方ない。億劫《おっくう》だが、出直すことにしよう。

次に『しん』へ来られるのは、早くても冬だろう。

悪いしこりを取ってしまった後も、歩き回れるようになるまではひと月、いやふた月はかかるかもしれない。それまでしっかりと幻庵の言うことを聞き、養生に努めようではないか。せっかく拾った命、大切にしなければ罰が当たる。

そうだ。床上げしたら、あかねを連れて神田明神《かんだみょうじん》へお礼参りに行こうか。

岩井屋にも連れていって、太一郎とも引き合わせてやろう。きっと仰天《ぎょうてん》するに違いない。

気がつくと、彦兵衛は一人で笑っていた。先のことを考えると愉快でならなかった。

したいことが山ほどある。まずは神田明神だ。お礼参りをするには、まず病気平《へい》癒《ゆ》のお守りをもらってこないといけない。

忙しくなりそうだ。舟を待ちながら、彦兵衛はやるべきことを指折り数えた。


あかねの言う「おじちゃん」が、少し前まで幻庵のところで厄介になっていたと知ったのは、しばらく後になってからだ。往診に来た幻庵と世間話をしているときに、ひょんなことから糸が繋《つな》がった。

その男は新市と名乗っていたという。

怪我をして倒れていたところを、幻庵の女房が連れてきて面倒を見ていたのだとか。頭を打ったかどうかして、名前の他には仕事も住まいも思い出せない様子だったようだが、律儀者《りちぎもの》だったらしい。怪我が癒《い》えた後は、助けてくれたお礼にと、ずいぶん働いてくれたそうだ。

あと少し早くわかっていれば、あかねとも会わせてやれたのだが、あいにく一足遅かった。新市は幻庵の家を出ていったという。

新市は船頭をしていたのだそうだ。

ならば、いずれこの近くに立ち寄ることもあるだろう。気を長くして待っていればいい。律儀者だというから、そのうちあかねのことを思い出して会いにくることもありそうだ。

幻庵からは別の話も聞いた。

あかねには伯母がいるのだそうだ。死んだ母親の姉で、病気になった妹を案じて向島まで様子を見にきていたらしい。

彦兵衛はその伯母に手紙を書いた。

姪のあかねは自分のところにいる。いつでも会いにきてくれて構わない、と。

おきくという伯母からは、すぐに返事が来た。雪が降る前に一度、あかねの顔を見にくるらしい。

「良かったじゃないか」

自分にしては上出来の親切だ。

これまでさんざん人に嫌われ、寂しい思いをしてきたが、長生きしてみるものだ。人へ親切にすると、こちらまで気分が良くなると知れたのは儲けものだ。

長生きも悪くないね。

いつになく、彦兵衛はそんなことを思った。

三

平助が『しん』の厨に立てるようになったのは、秋の盛りを迎えた頃のことだった。

本人はせいぜい十日も休めばすっかり本復《ほんぷく》するつもりでいたのだが、思いのほか床上《とこあ》げまで日数を要した。大きな病ではないものの、寝付いたことで体が却《かえ》って弱ってしまったのだ。

辛抱強く養生を続け、気がつけば木々の葉が色づく季節になっていた。

朝、健志郎に伴われ店にあらわれた平助を見たとき、おけいは涙ぐんでしまった。

「何でえ、おけいさん。まるで俺が死んだみてえじゃねえか」

「もう、平助さんたら。悪い冗談はやめてちょうだい」

「へへ。見ての通り、足はついてらあ」

照れ隠しか、平助はおどけて着物の裾《すそ》をめくった。

ただでさえ細い足が、寝付いたせいでさらに肉が落ちている。おけいが痛ましい思いで眺めていると、平助が自分の手でパチンと脛《すね》を叩いてみせた。

「ま、ちっと痩せちまったが。養生した甲斐があって、前みたいに白い飯が食えるようになったんだ。木枯らしが吹く頃にはすっかり元通りになるから、そう心配しねえでおくんなさい」

「じゃあ、今日の賄《まかな》いは丼飯でいいわね」

「おうよ。お代わりもするから、たくさん炊いてくれ」

「わかったわ」

健志郎は口を挟まず、穏やかな笑みを浮かべている。

昨日医者に来てもらって、もう厨へ立っても大丈夫と請《う》け合《あ》ってもらったおかげで安堵《あんど》しているのだ。

とはいえ、しばらくは朝一番で青物市場や魚河岸へ仕入れに行くのは健志郎だけ。夜の商いが終わった後の片付けも、健志郎が一人でする。平助は仕入れが終わった頃に店に来て、夜は暖簾を下ろしたら引き上げてもらう。そうやって体を慣らしてもらおうと、あらかじめ健志郎と話をつけてある。

「駄目ですよ、師匠。賄いはわたしが作ります。できるまで小上がりで休んでいてください」

さっそく厨へ行こうとする平助を押しとどめ、健志郎が言った。

「けどよ、せっかく戻ってきたんだから」

「厨は熱が籠もっていて暑いんです。無理をしたら、二の舞《まい》になります」

「そうよ、平助さん。健志郎さんに任せておけばいいの。お暇ならわたしが話し相手になりますから」

おしげが平助の背を押し、小上がりに連れていった。

「そうかい？　なら仕方ねえ。暇なおしげさんの話し相手になってやるよ」

「嬉しいこと。ぜひ、そうしてちょうだい」

平助は満更《まんざら》でもない様子で、小上がりに入った。

おけいが白湯《さゆ》を運んでいくと、

「ありがとうよ。朝はやっぱりこれだな」

無骨《ぶこつ》な手で湯呑み茶碗を受けとり、さっそく口をつけた。

倒れる前は、平気で冷たい水を飲んでいたらしい。医者と健志郎の薦めで白湯にしてからは、寝付きが良くなったようだ。

暑いときほど温かいものをお腹に入れたほうがいい。

おけいは子どもの頃より、おしげの言いつけで起き抜けに白湯を飲んでいる。健志郎の生家でも同じだったという。

倒れる前から平助にも薦めており、「わかっちゃいるが、どうしても水に手が伸びちまって」と言っていたのが、今では毎朝進んで湯を沸かし、健志郎と一緒に白湯で一日を始めるようになったようだ。

厨で米を研いでいると、店の戸が開く音がした。

「おはようございます」

前掛けで手を拭いて出ていくと、おちかだった。

「いらっしゃい。ちょうど良かった、平助さんが今日からなの」

「まあ！　そうでしたか」

おちかはつぶらな目をぱっと見開いた。

「嬉しい。わたしもそろそろだと思っていたんです」

「よう、おちかちゃん。面倒をかけたな」

声を聞きつけ、平助が小上がりから黒い顔を突き出した。

「きゃあ、平助さん！」

小さな顔の前で両手を組み合わせ、おちかがその場で跳ねた。若い娘だけに実に可愛らしく、平助も孫娘を見るように目尻を下げている。

「もうお体は大丈夫なんですか？」

「おかげさまで。前より元気なくらいだぜ」

「良かった。これでまた平助さんのお料理が食べられますね」

「おうよ」

平助が胸を叩いて請け合うと、おちかはまた「きゃあ」と可愛い歓声を上げた。それに応え、平助が歯を見せて笑う。

まるきり祖父と孫娘だ。はしゃいじゃって。

微笑《ほほえ》ましい光景だが、おけいは手放しで喜ぶ気にはなれなかった。

無事に平助が戻ってきてくれたのはありがたいが、反面どこか悲しいのだ。

今回のことで、いつまでも同じではいられないということがはっきりした。おしげが万一のときは店を閉める覚悟でいることもわかり、否《いや》が応《おう》でもこの先のことを意識してしまう。

おしげと平助の二人の歳を考えれば当然のこと。むしろ、これまでが呑気《のんき》過ぎたのだ。

どうしようかしらね。

何気なく店の中を眺めてみた。

九年前、橋場町へ越してきたときに居抜きで借りた店は、その当時から古かった。

壁はくすみ、床にも傷がある。そのうちのいくつかは『しん』を始めてからついたものだ。

平助は少し痩せた頬をほころばせ、おちかと楽しげに笑っている。その顔は、まばたきしても消えない。笑い声もおけいの耳に響いている。

おしげや平助の老いを感じれば胸は痛む。けれど、今は幸せだ。それでいいのかもしれない。

「さ、おちかちゃん。こちらへどうぞ。今日は何になさる?」

小唄《こうた》の稽古の帰りに寄ったというだけに、今日は普段着をまとっている。

ふっくらした地織りの入った結城紬《ゆうきつむぎ》に、こっくりとした濃紫《こむらさき》の帯を合わせているのだが、そこへ淡い紫の帯紐を締めているのが粋《いき》で、眺めているだけで目に楽しい。

「おちかちゃん。このたびはお世話になりました」

あらたまった口振りで言いながら、おしげが小風呂敷の包みを差し出した。

「おかげさまで、平助さんも安心して養生できました。大したものではないけれど、タロウちゃんに」

「そんな。却ってすみません。——わあ、可愛い!」

包みを開けるなり、おちかは満面の笑みを浮かべた。

「組紐で編んだ首輪ですね。タロウには勿体ないくらい。戻ったら、さっそくつけます」

先日おしげと日本橋へ出かけた際、小間物屋で買ってきた。おちかがお座敷で身につけるような、贅沢な品にはとても手が出ないが、飼い犬のタロウのものならどうにかなる。

「今度またタロウちゃんと一緒にいらしてちょうだいな。しばらく姿を見ていないから寂しいわ」

ときおり、おちかはタロウを連れて『しん』に来る。おけいやおしげにとっても馴染みの子だ。

元々はおちかの想い人の飼い犬だったが、別れのいざこざを経て、今はおちかのもとにいる。茶屋でたっぷり可愛がられているせいか人懐っこく、おけいの顔を見ると尻尾《しっぽ》を振る。

「ええ、ぜひ連れてまいります。あの子、平助さんの作るおむすびが大好物だから喜ぶわ」

平助の助っ人をしてくれた松屋の元板前には、鈴屋で買った久留米絣の反物を贈った。

まめ菊さんからも礼をもらっているからと、お金は受けとってくれなかったが、反物は喜んでもらえた。さっそく仕立てに出して大事に着ると、笑顔を見せた。半月余りの付き合いだったが、いい人に来てもらえて良かった。

健志郎にも刺激になったようだ。『しん』のような一膳飯屋とは違う、茶屋ならではの味付けや包丁使いを教わり、真剣な面持ちで学んでいた。すぐに店で役立つものではないにしろ、板前を目指す健志郎の助けとなるはずだ。

麦湯を淹れようと厨へ行くと、健志郎が洗い物をしていた。

「おちかちゃんが来ているわよ」

「そのようですね」

「挨拶してきたら？　洗い物なら、わたしがやっておくわ」

おけいの見たところ、健志郎はおちかにほのかな想いを抱いている。せっかく話のできる機会だ、声をかけてはどうかと思ったのだが。

「ありがとうございます。ですが、わたしの仕事ですから」

厚意に甘えて、おちかの顔を見にいく気はないようだ。

まあ、そう言うだろうとは思っていた。

この子は真面目なのだ。以前からそうだったが、平助が倒れたことを機に、一回り大きくなった気がする。

湯を沸かしている間に新たなお客が訪れた。厨から覗くと、旅支度をした男の二人連れだった。そのすぐ後に近所の馴染み客も顔を見せた。

「朝から大入りだな、こりゃ」

平助が愉快そうにつぶやきながら、いそいそと厨へ引き上げてくる。

人気芸者は験《げん》が良いのか、おちかが来る日は決まって大入りになる。

麦湯を配って回った後、おけいは米を研いだ。

「昼頃から雨になりそうですね」

健志郎が話しかけてくる。

「そう?」

「はい。何だか戸の開く音が重いので、たぶん降ってきますよ」

「それも平助さんから教わったの?」

「いえ。ここで修業を始めて、しばらくして気づきました」

「まあ。すごいわねえ」

「師匠に言われたんです。厨にいても、店の音をきちんと聞いているように、と」

「平助さん、そうなの？」

「おうよ。厨にいて店の様子を知るには、耳を澄ましてお客の立てる音を聞くのが一番だからな。けど、俺は雨のことまで気が回らねえぜ。健志郎は耳がいいんだな。――だとすると、ちっと早めに水から上げたほうがいいか」

米を研いだ後、いつもは四半刻（約三十分）ほど水に浸けて炊く。が、季節やその日の天候によっては早めに水から上げることもあれば、ゆっくり浸《ひた》しておくこともある。そうするようにと、平助に教わったのだ。

厨の窓を開けると、さっきまで晴れていた空に灰色の雲が広がっていた。風も出てきたようだ。心なしか川の水の匂いが強くなっている。

今朝おけいが店の外を掃いたときは、青空が広がっていたが、今は不穏に曇っている。

こんな日は川波が高くなる。

「雨が降るとなると、今夜は冷えるかしら。少し早いけど、そろそろお布団に綿を入れたほうがいいかもしれないわね」

「うちではこの間入れましたよ。師匠が寒いとおっしゃるので」

健志郎が包丁を使いながら応じる。

「手回りが良いこと。見習わなくちゃ。毎年、母さんに言われてから手をつけるんだもの。わたしは駄目ね、ぐずぐずしちゃって」

どちらかというと、おけいは暑がりで、おしげは寒がりだ。布団に綿を入れたくなる時期が違うのはそのせいもあるかもしれない。

「おけいさんはちっとも駄目じゃありませんよ。厨にいると、よく聞こえるんです。お客さんの話に気持ちの良い相槌を打っていらっしゃるおけいさんの声が」

「わたしは口下手だから、相槌くらいしか打てないのよ」

「それはご謙遜《けんそん》でしょう」

健志郎がこちらを見た。

「優しい気持ちで聞いていらっしゃるから、いい相槌が打てるのです。おざなりな相槌では相手に見透かされてしまいます。おけいさんと話しているときのお客さんの声は実に楽しそうですよ。ちゃんと厨まで聞こえてくるのでわかります。この店が流行《はや》るのはおけいさんのお力によるところが大きい。わたしのほうこそ、見習わなくてはなりません。――ですよね？　師匠」

「おうよ、その通りだ」

竈のところで腰を屈めていた平助が、火吹き筒を手にしたままうなずいた。

「ぽんぽん喋るばかりが能じゃねえ。餅つきだって、合いの手がいるからできるんだ。おしげさんがいくら一人で杵《きね》を振り回したって、何にもなりゃしねえ」

「わたしが何を振り回すんですって？」

含み笑いをしながら、おしげが厨に入ってきた。

「おっと」

平助はすかさず、知らんぷりを決め込んだ。

「どうせ悪口を言っていたんでしょう。ま、いいわよ。賑やかで結構だもの。好きに言ってくださいな」

その日、おけいの炊いた米はいたく好評だった。

柔らかい風味があって、じんわりした甘味がたまらないと感激したお客が次々とお代わりして、またたく間にお櫃《ひつ》が空になった。

正午を回る頃から、健志郎の予想通り雨になった。

雲が垂れ込めて外は早々と暗くなり、店では夕方前に明かりを灯《とも》した。

秋の雨は冷たさを運んでくる。

この日は熱い味噌汁がよく売れた。

具は牛蒡《ごぼう》と葱と豆腐だが、平助はそこへ生姜をすり下ろして載せた。店が終わった後、賄いで同じものを食べたらお腹の中から温まった。

みんなで後片付けをして、平助と健志郎を「また明日」と店の外まで見送った後も、まだ雨は降っている。

「良い季節になったわねえ」

店を閉め、家へ戻るとおしげが言った。

「母さん、寒いのは苦手じゃなかった？」

「ええ。だから、いいのよ。お風呂やお布団の気持ちよさを十二分に味わえるもの。生姜入りのお味噌汁もそう」

その気持ちはわかる。

「寒いところから帰ってきたときの、ほっとする心地もいいわよね。うちのお店もそんなふうに思ってもらえたらいいけど」

「あら。それは大丈夫よ。あなたがいるおかげでね。なあに？　その顔。お世辞《せじ》じゃないわよ」

「そう？」

「ええ。お店に入ってくるお客さんが真っ先に目にするのは、あなたの笑顔だもの。あとは声ね。おけいの『いらっしゃいませ』は何だか胸に染みるのよ。こんなこと、娘に言うのはおかしいけど、亡くなった母を思い出すわ」

「声が似ているのかしら」

「そうじゃないわよ。——それにしても冷えるわね。お白湯を入れるわ」

「わたしがやるわよ」

「いいわ。あなたはお布団に綿を入れてちょうだい。わたし、夜は目がよく見えないから、針を持ちたくないのよ」

「はい」

「助かるわ。家に娘がいるのはいいわね。気兼ねなく用事を頼めて。おけいは針仕事が得意だし」

「母さんたら。おだてなくても、ちゃんとやるわよ」

針仕事が得意だなんて、言われたこちらも笑ってしまう。

「あら。そんなつもりじゃないのよ。——わたしの布団には綿を多めに入れてちょうだいね」

「ええ、わかってます」

箱入り娘だったおけいは、それこそ橋場町に来るまで、自分で着物の仕付け糸も切ったことがなかったのだ。

見よう見まねで縫った、初めての雑巾《ぞうきん》は自分でも笑ってしまうほどひどい代物《しろもの》で、しかも膝に載せていたものだから、着物と一緒に縫い込んでしまったことをおしげだって憶えているはずだろうに。

雨はしとしと降り続いている。それだけに安心して笑えた。

おしげの言った通り、確かに良い季節なのかもしれない。これほど寒い晩には隣近所もしっかり窓を閉めているから、少々高い声を上げても迷惑をかける恐れが少ない。

翌朝も雨は続いていた。

平助が作った、焼き鯖《さば》と秋茄子に熱々の餡《あん》をかけた一品は大好評だった。それに合わせて炊いた茸《きのこ》ご飯もよく売れた。

秋はゆっくり深まっていく。

そんなある日、泣き顔のあかねが『しん』にあらわれた。

四

あかねは恰幅《かっぷく》のいい中年男に伴われていた。

おけいの顔を見て目礼をする。裕福な商家の主といったところか。仕立てのいい羽織を身につけ、雨の日に白足袋を履いている。

初めて見る顔だが、相手はこちらの名を知っていた。

「おけいさんでいらっしゃいますね」

男はあかねの肩に手を置き、自分は駿河町で酒問屋をしている岩井《いわい》屋太一郎《たいちろう》と名乗った。

「ひょっとして、彦兵衛さんの――？」

「さようでございます。こちらのお店の方々には、生前父が大変お世話になったそうで」

太一郎は慇懃《いんぎん》な口振りで言い、頭を下げた。

一瞬、何を言われたのかわからなかった。ちゃんと聞いているのに、声が耳を素通りする。しかし、あかねを見ると、べそをかいている。その様子を見て、はたと意味を悟った。

「母さん……」

おしげを呼びにいこうと振り向くと、既に後ろにいた。話し声を聞きつけ、出てきたようだ。

「女将のおしげさんでいらっしゃいますか」

「ええ。こちらこそ、彦兵衛さんにはお世話になりましたのに、亡くなられたとは存じず、まことに失礼いたしました」

「急なことで、あたしどもも驚いております」

彦兵衛は一昨日、亡くなったのだそうだ。

日本橋で見かけた姿がよみがえる。呉服屋で女物の着物を見立てている姿が物珍しく、目に残った。今にして思えば、あかねの着物を見立てていたのだろう。

太一郎がここへ来たのは、彦兵衛に頼まれたからだそうだ。あかねを『しん』へ連れていき、話をさせてやるようにと。

親子にしてはあまり似ていない。

彦兵衛は見るからに因業《いんごう》な面差《おもざ》しだったが、太一郎はおとなしそうだ。

しかし、立ち居振る舞いにどことなく横柄《おうへい》なところが見え、そういうところに親子を感じる。

彦兵衛が向島に引っ込んでからは、あまり行き来もなかったそうだが、父の最期《さいご》の頼みだからと、野辺《のべ》送りの前に暇を見つけ訪ねてきてくれたようだ。

――あかねを『しん』へ連れていってやってくれ。

亡くなる前、彦兵衛はそう太一郎に言い残したのだ。

あかねは鼻を赤くして、下を向いている。

朱赤に黄色い格子の着物に対《つい》の羽織を合わせている。仕付け糸を取ったばかりという真新しい着物は、垂れ目で愛らしい顔をしたあかねに似合っていた。

二人を小上がりに案内して、茶と柿を出した。

「落雁《らくがん》もあるけど。食べる？」

あかねは黙って首を横に振った。

「ちゃんと話せるかい」

隣に腰を下ろした太一郎がいたわりの声をかけた。あかねはうなずき、緊張した面持ちでこちらを見た。

「あたし、お詫びに来たんです。——嘘をついたから」

膝の上に重ねた手をキュッと握り、あかねは声を振りしぼった。

「ごめんなさい」

ぺこりと頭を下げた拍子に、ぽたりと涙が膝に落ちる。

おけいはおしげと顔を見合わせた。あかねが口を開く前から、何を詫びたいのか察しがつく。

案の定、あかねが謝りたいこととは新吉のことだった。あの夏の日、あかねは嘘をついて新吉とおけいたちを会わせなかったのだ。

「てっきり、おかみさんだと思ったんです」

おけいは虚をつかれた。

「あらまあ、そうだったの」

おしげは苦笑したが、あかねはうつむき、手の甲で涙をぬぐっている。

「……おっ母さんはおじさんが好きだったから」

「それじゃあ、昔の女房が出てきたら困るわね」

また涙が膝に落ちる。あかねは首《こうべ》を垂れ、洟を啜った。

「おっ母さん、苦労したんです。お父つぁんと別れた後もあたしを育てるために一生懸命で……。でも、そんなのは嘘をつく理由にはならないけど」

賢い子だ。言い訳だと、ちゃんと自覚している。

あかねが新吉と初めて会ったのは半年前のこと。

父親の目を盗んで家から母親と逃げてきて、舟に乗せてもらったのがきっかけで知り合った。二人の様子からのっぴきならない事情を抱えていると察し、新吉は渡し賃を取らなかった。

それればかりか、もし行くところがなければ、しばらく自分の住まいに泊まってもいいと申し出たのだとか。自分は独り身で、日中は仕事で家を空けているからと。

以来、あかねと母親は、新吉の借りている百姓家の離れで居候していたらしい。

しばらくは平和な日々が続いた。あかねも母親もやっと安心して眠れるようになった。昼間は百姓の畑仕事の手伝いをして、夕方は帰ってきた新吉と三人で質素な膳を囲む。

新吉は親切だったそうだ。

あかねと母親のために茶碗と箸を揃え、古道具屋で鏡台《きょうだい》を見つくろってくれたという。色が剝《は》げて、引き出しもがたついていたが、母親はずいぶん気に入っていたようだ。

おけいは渋江村の家で見た、鎌倉彫《かまくらぼり》の鏡台を思い出した。

あれは新吉が買ってやったのか。おそらく金魚の浴衣もそうだろう。あかねにとって、生まれてはじめて得た幸せだったのかもしれない。そこへおけいがあらわれた。

「ああ、やっぱり、って思ったんです」

「どういうこと？」

あかねは面を上げ、涙に濡れた目でおけいを見た。

「ちょっと良いことがあった次には、必ずしっぺ返しがくる。ずっとそうだったのに浮かれちゃったから、次はもっとひどい目に遭う。おじさんのところを追い出されたら、あたしたちには行くところなんかない。お父つぁんに捕まってまた痛い目に遭わされるのか、って。——だから、あたし嘘をついたんです」

あかねのついた嘘とは——。

掏摸《すり》をしたのがばれた。謝って、盗った財布を返したけど許してもらえない。黙っていてほしければ、口止め料を持ってこいと脅されている、と訴えたのだった。

実際、家の近所を歩いているときに、妙な子どもに声をかけられたことがあるのだそうだ。

一緒に悪い遊びをしないかと誘われたらしい。

——掏摸のやり方を教えてやるよ。

十歳ほどの坊主頭の男の子だったらしい。断っても、しつこくつきまとってきて、怖い思いをしたという。

その話を聞いた新吉は「わかった」と言った。

「自分が話をつけてくる、って出ていって、それっきり——。たぶん、そいつらの後ろについている悪いやつらに捕まっちゃったんです」

あかねの目の縁に涙が盛り上がり、あふれた。

数日待っても新吉は戻らなかった。

――本当は何か知っているんじゃないの。

新吉の身を案じる母親に問いつめられても、あかねは嘘を吐《つ》き通した。もしかしたら死んじゃったかもしれない。口を開けば、怖れていることが現実になりそうで怖かった。

そんなある日、おけいとおしげが訪ねてきた。

この夏のことだ。母親は畑に出ていて留守だった。

もちろん、おけいも憶えている。新吉の船頭仲間の六助に案内してもらい、渋江村まで訪ねていったのだ。途中でめまいを起こして倒れ、気づいたときには近くの百姓家で休んでいた。

――そのおじちゃんは、もういないよ。

あのときの愕然《がくぜん》とした気持ちを思い出すと、今でも苦しくなる。

が、あかねも苦しかったのだ。やっと摑んだ幸せを奪われまいと、子どもなりに必死だったのだろう。

おけいとおしげの落胆した顔を見て、あかねは己の罪の重さを思い知った。

畑から戻った母親に事情を打ち明けると、母親は熱を出して寝込んでしまった。

もとより貧乏で、医者に診せる金などない。あかねの母親は呆気《あっけ》なく亡くなった。

大家の百姓は同情して、簡単な弔いを出してくれたが、借り主の新吉が姿を消した以上、もう離れを貸してやることはできないと言い渡された。

誰か身内の人はいないかと大家に問われたあかねは、父親に居所が知られるのを怖れて家を出た。

そこで拾ってくれたのが彦兵衛だった。

これから先、あかねはどうなるのか。もしや父親のもとへ戻されるのかと心配になったおけいの顔色を見て取り、太一郎が言った。

「うちで引き取ることにしました」

死ぬ前の彦兵衛に頼まれ、了承した。

「あの父が、息子に頭を下げて頼んだんです。引き受けないわけにはいきません」

彦兵衛は腹に悪いしこりができ、病みついていたのだそうだ。

向島でのかかりつけ医の幻庵の口利きで、蘭方医に切除してもらう手筈《てはず》が整い、その日に向けて養生していたところ、直前に心の臓の発作を起こして亡くなった。

青天《せいてん》の霹靂《へきれき》で、蘭方医と橋渡しをした幻庵もがっくりと肩を落としたとか。

その日の朝、あかねは彦兵衛に作ってもらった着物に、初めて袖を通したのだという。仕付け糸のついた新しい着物を手にするのは生まれて初めてだった。

畳紙《たとうがみ》の紐をといて薄紙をめくると、息を呑んだ。

着付けた後、あかねは鏡の前でくるりと一回りした。

気恥ずかしい反面、早く見せて喜ばせたい一心で廊下に出た。

きっと喜んでくれる。

普段は皮肉屋の彦兵衛だが、今日ばかりは目尻を下げるはず。

あかねはそう信じていそいそと廊下を急ぎ、「爺ちゃん」と元気よく障子を開け、苦しげに胸を押さえている彦兵衛を見つけたのだ。

*

息を引き取る寸前、彦兵衛は一度、意識を取り戻した。

布団に寝たまま頭をめぐらせてあかねを見つけると、嬉しそうに目を細めた。

「おう、思った通り似合っておる」

「……爺ちゃん」

「どれ、もっとよく見せておくれ」

あかねが枕もとに立つと、彦兵衛は笑みくずれ、たるんだ首を持ち上げた。

「あたしの見立てに間違いはなかったな。よく似合うよ。対で羽織も作ってあるから、もう少し寒くなったら着物と合わせて着なさい。そうだ、簞笥《たんす》も作らないといかんな」

途中で何度も咳き込みつつ、彦兵衛は目を輝かせた。

「いいよ、そんなの」

「どうしてだい」

「だって簞笥なんて、あたしには贅沢《ぜいたく》だもん」

今はそれどころじゃない。

「馬鹿言っちゃいけない。贅沢してくれるのが孝行だよ」

彦兵衛は気に入らないらしく、たちまち険しい顔をした。

「ごめんなさい」

「わかればいいんだ」

しわがれ声で言い捨て、彦兵衛は眉間の皺を緩めた。

発作を起こした後は体を起こせなかった。数日前まで普通に喋れていたのに、声も掠《かす》れて、耳を近づけないと言葉も聞き取りにくくなった。

「簞笥は桐《きり》だな」

半ば独り言のようにつぶやき、濁った目を見開く。

「……桐？」

「そうだよ。いいぞ、桐簞笥は。虫を寄せつけない上に火にも強くて、大事な着物を守ってくれる」

「すごいね」

あかねが枕もとに膝をつくと、彦兵衛は痰《たん》の絡んだ声でつぶやいた。それだけで息が上がり、喉がひゅうひゅうとなる。

「一棹《さお》じゃあ足りんな。二棹は要る」

「そんなに？」

「当たり前だ。一生分の着物を入れるんだからな」

灰色に濁った目をしばたたいて彦兵衛は言う。

見えているのかいないのか、もう定かではなかった。夢見るような顔をして、やつれた頰をほころばせるばかり。

彦兵衛の目には、もうあかねは映っていなかった。それでも懸命に目を瞠《みは》り、どうにかこちらを見ようとしているのがわかり、あかねは手を取って知らせた。

「ここにいるよ」

「ふん。わかってるさ」

鼻を鳴らし、悪態をつきながら、彦兵衛はあかねに手を握られていた。

「爺ちゃん、少し休んで。後でまた聞くから」

「馬鹿だね。病人に『また』なんてあるものか。後生《ごしょう》だから、今のうちに喋らせておくれ」

そうやって、しまいまで憎まれ口を叩き、ゆっくりと目を閉じた。

彦兵衛の手は温かかったそうだ。

乾いてかさつき、震えていたが、それでもしっかりとあかねの手を握り返した。

「小さい手だね。まだ子どもだ」

「十歳だもん。当分お嫁になんていかないよ」

「そうかい。だったら、着物もゆっくり揃えられるな」

＊

「爺ちゃん、笑った顔で死んだんです」

あかねは涙を拭き、遠い目をした。

「……あたしが『ありがとう』って声をかけたら、『礼を言うのはあたしのほうだよ』って。にっこりしながら最期の息を吐いたんです」

笑顔で死んでいったなら、幸せだったのだろう。

おけいの知る彦兵衛は意地悪な老人だった。口を開けば厭味ばかりで、平助を目の敵《かたき》にする困り者だった。けれど、あかねには優しかったのだ。二人はお互いを大切にして、仲良くやっていたらしい。

太一郎も目元をぬぐっている。

「確かに笑ってましたよ。あの父が口の両端をわずかに持ち上げて――、いい顔だったなあ」

弔いの日は見事な秋晴れとなった。そう、悲しい気持ちとは裏腹に。

生前の行いが良かったんだよ——。

彦兵衛が見たら、口を歪めて嘯《うそぶ》いたに違いない。

その日、『しん』は商いを休むことにした。店の一同で弔いに参列し、彦兵衛の死を悼《いた》むつもりだ。

健志郎が茗荷を洗っているところへ、平助がやって来た。

「すまねえな、遅くなって」

いつもの豆絞りを外した白髪頭がさっぱり整っている。

平助は髷を結い直し、近所の者に黒い羽織を借りてきたのだ。いつもは裸足だが、今日ばかりは健志郎と同じく白足袋を履いている。

軽口も言わない。至極淡々とした面持ちで厨に入り、健志郎と二人で彦兵衛に供えるご馳走を作った。

支度をして、四人で出かけた。

橋場の渡しから二手に分かれて舟に乗り、駿河町の彦兵衛の生家へ向かう。訪ねると、白い着物の太一郎が方々へ挨拶していた。

あかねの姿は見当たらない。

大勢の弔問客の手前、忙しい太一郎に声はかけられなかった。番頭らしき人をつかまえ、平助と健志郎の心尽くしのご馳走を託したものの、果たして仏前に供えてもらえるかどうか。

平助は健志郎と一緒に茗荷の天麩羅を作ったのだ。

最後に彦兵衛が『しん』を訪れた日に、自分が作ったものを食べてもらえなかったからと。

あの日、彦兵衛はおけいに茗荷は苦手かと訊ねた。

独特の癖があって、子どもの頃は得意ではなかったが今はよく食べる、天婦羅にすると癖が薄れて食べやすくなると言ったら、彦兵衛は「ほう」と珍しく納得した顔をした。

今にして思えば、あかねのことを考えていたのだろう。

彦兵衛は好物の茗荷をあかねと一緒に食べたくて、どうすれば子どもの口にも合うようにできると、『しん』で平助に相談するつもりだったのではないか。

おけいにその話を聞いたから、平助は茗荷の天婦羅を持参したのだ。どうか供えてやってほしいと、太一郎を摑まえ、茗荷の天麩羅を詰めた重箱を手渡そうとした。故人の注文に応えるために。

しかし結局、ろくに言葉を交わすこともできず、番頭に託すことになった。太一郎はこちらに目礼を寄こしたきりで、挨拶にも来なかった。商売仲間や取引先の相手で忙しいのは道理だが、それにしてもつれない態度だった。

弔いの間ずっと、平助は口をへの字に引き結んでいた。焼香のときにはじっと目をつむって手を合わせ、最後に深々と礼をした。

ようやくあかねを見つけたのは、焼香の列を離れたときだった。

あかねもおけいたちに気づき、あ、という顔をした。あかねは焼香の列から離れたところにいた。その隣には奉公人らしき中年女がいる。

あかねは粗末なお仕着せに身を包み、奉公人の中年女と一緒に立ち働いていた。道理で見当たらなかったはずだ。おけいは、あかねが身内の席にいると思った。妻や子と同列とは言わずとも、せめて末席には置いてもらっているものと考え、太一郎の近くを捜していたのだ。まさか焼香の列にも並ばず働いているとは思いもしなかった。

おけいが眺めていると、中年女があかねを小突いた。ぼんやりしていないで、さっさと茶を運べ、と言わんばかりに盆を押しつける。あかねは暗い顔で盆を受け取り、おけいの視線を避けるように背中を向けた。

今のあかねを見たら、きっと彦兵衛は悲しむだろう。いや、眉を吊り上げて怒るところだ。

うちのあかねを奉公人扱いするとはどういう了見《りょうけん》だい。

目を三角にして怒る姿が目に浮かぶ。

うちで引き取ると太一郎が言ったのは、こういうことだったのか。亡くなった彦兵衛はこうなることを承知していたのか。

彦兵衛はあかねを孫娘として育てたかったろうに。

どういうつもりなのかと思ったが、よその家のことに口は出せない。後ろ髪を引かれる思いで焼香を済ませ、太一郎に挨拶をして引き上げた。

ふたたび二手に分かれて舟に乗り、橋場町へ戻る。

「立派なお弔いだったわね」

彦兵衛が自慢していた通り、岩井屋は大きな店だった。太一郎とその妻は先頭に立って、弔問客に挨拶をして回っていた。

「どうかしら。立派ならいいってものでもないでしょう」

おしげは寂しそうに言い、目を伏せた。何と言葉を返していいかわからず、おけいは口を閉じた。

しばらくの間、船頭が艪《ろ》を漕ぐ音を聞き、舟の揺れに身を委《ゆだ》ねた。

膝の上には会葬御礼の包みが載っている。老舗《しにせ》の銘菓だった。これを弔いに訪れた全員に持たせるのだから、手抜かりがない。前々から用意をしていたとは思わないが、彦兵衛と付き合いがあった身としては、太一郎の手際の良さに胸が痛む。きっと病が治ると信じていたはずなのだ。神仏はずいぶんと罪なことをなさる。蘭方医に助けてもらえるはずが、その直前に彦兵衛は心の臓の発作を起こした。期待させておいて、梯子を外すような真似をするのはあんまりだと、罰当たりな恨み言を口にしたくなる。

弔問客の中には医者らしき人も参列していた。かなり肩を落とした様子だったから、きっとあの人が彦兵衛を診ていたのだろう。その隣におよしと坊主頭の男の子が寄り添い、手を合わせていた。焼香の仕方を教える姿は母親さながらで、ちらと見えた歯は黒くなっていたようだ。前に『しん』へ来たときには白歯だったが、今はあの医者と所帯を持っているのだろう。

一緒にいた男の子は養い子だろうか。元気そうな子だ。医者にもおよしにも似ていないが、三人が家族なのは遠目にも明らかだった。

それに比べ、あかねの心細そうなことといったら。目が合ったときの様子を思い返すと、胸が締めつけられるようだ。

「あの子、岩井屋さんの子になるのよね？」

そうであってほしいと願いながらつぶやくと、おしげが目を上げた。

「養い子ってこと？」

「ええ。彦兵衛さんは亡くなる前に、あの子を引き取って欲しいと太一郎さんに頼んだのでしょう」

「そうだけど。太一郎さんは、あかねちゃんを養い子にするとは言っていなかったわよ」

「でも、彦兵衛さんはそう考えていらしたはずよ。奉公人にするつもりなんて、なかったと思うわ」

奉公人の中年女に小突かれたときのあかねの暗い顔がちらついて離れない。

養い子ではなかった。太一郎はあかねを奉公人として引き取ったのだ。おそらくこの先、あかねはあの朱赤に黄色い格子の着物に袖を通す機会もないだろう。

彦兵衛は孫娘として育てるつもりだったろうに。

たっぷり贅沢をさせて、掌中《しょうちゅう》の珠《たま》のように可愛がったに違いないのに。病を治し、長生きして自分の手で嫁に出すのだと、『しん』で自慢する様子がありありと目に浮かぶ。

あかねにとっても、彦兵衛は祖父だった。

実母に死なれ、親切なおじちゃんとも生き別れになって、行き場もなくさまよった挙げ句、ようやく彦兵衛に拾われ、安心して暮らせるようになったところだった。

――ちょっと良いことがあった次には、必ずしっぺ返しがくる。

十の子どもがそんな思いをして生きてきたのだ。それを知りながら何も言わず、引き返してきたことが悔やまれた。

おけいは舟の上で後ろを振り返り、膝を立てた。

「いきなり、どうしたの。舟から落ちるわよ」

「母さん、戻りましょう」

「まあ。あなたにしては無茶を言うわね」

おしげが手を口に当てて笑った。

舟を漕いでいた船頭が、とまどい顔で川に棹を差した。どうしますかい、と目でこちらの意向を訊ねている。

勢いで戻ると言ったものの、まだ頭の中は整理できていない。

けれど、このままではいけない。あかねを岩井屋には置いておけない。頭には、ふたたび行方知れずとなった弟の顔が浮かんでいる。

そう。彦兵衛だけではない。

新吉もあかねの世話をしていたのだ。そのあかねが他人の家で、身を縮めて生きていくと知ったら悲しむに違いない。

「申し訳ないけれど、戻ってもらえるかしら」

おしげは船頭に頼んだ。

「へい」

「ごめんなさいね。大事な忘れものをしてしまって」

「おい、どうしたんでえ。おしげさん、戻るのかね」

後ろの舟でついてきた平助が、慌てて腰を浮かせた。健志郎もびっくりして目を丸くしている。

無謀だとは、自分でも承知している。

向こう岸へ戻った後、どうするのか段取りも決めていない。弔いのさなかへ乗り込んだところで、喪主の太一郎が相手をしてくれるはずもない。それでも構わない。ともかくあかねの傍へ行き、抱きしめてやりたかった。先のことを考えるのはその後でいい。

「やあね、おけいったら。一人で笑っちゃって」

自分でもおかしいのだ。

あかねのことはよく知らない。そもそも、新吉を捜しにいったおけいとおしげを騙し、遠ざけたような子だ。それなのに手を差し伸べようとしている。

平助と健志郎も、本物の祖父と孫ではない。

およしと医者の夫婦と、一緒にいた男の子も同じだ。

血が繋がっていなくとも、縁あって家族になる。そうやって生きていくのだと、今のおけいは知っている。

光文社文庫

文庫書下ろし／長編時代小説

別離《わかれ》　名残《なごり》の飯《めし》

著　者　伊《い》多《た》波《ば》碧《みどり》

2025年1月20日　初版1刷発行

発行者　三宅貴久
印　刷　堀内印刷
製　本　ナショナル製本

発行所　株式会社　光　文　社
〒112-8011　東京都文京区音羽1-16-6
電話 (03)5395-8147　編集部
8116　書籍販売部
8125　制作部

ISBN978-4-334-10529-7　Printed in Japan

組版　萩原印刷

岡本さとるの
長編時代小説シリーズ

「若鷹武芸帖」

父を殺された心優しき若き旗本・新宮鷹之介。
小姓組番衆だった鷹之介に将軍徳川家斉から下された命——。

滅びゆく武芸を調べ、
それを後世に残すために武芸帖に記す——。

癖のある編纂方とともに、失われつつある武芸を掘り起こし、
その周辺に巣くう悪に立ち向かう。

㈠若鷹武芸帖
㈡鎖鎌秘話
㈢姫の一分
㈣父の海
㈤二刀を継ぐ者
㈥黄昏の決闘
㈦鉄の絆
㈧相弟子
㈨五番勝負
㈩果し合い

岡本さとるの好評傑作

さらば黒き武士《もののふ》